신컨의 원 코인 클리어 8

2023년 8월 14일 초판 1쇄 인쇄
2023년 8월 18일 초판 1쇄 발행

지은이 아케레스
발행인 강준규

기획 이기헌 왕소현 임동관 박경무 강민구 조익현
책임편집 오영란
마케팅지원 이원선

발행처 (주)로크미디어
출판등록 2003년 3월 24일
주소 서울시 마포구 마포대로 45 일진빌딩 6층
Tel (02)3273-5135 **Fax** (02)3273-5134
홈페이지 rokmedia.com **E-mail** rokmedia@empas.com

© 아케레스, 2023

값 9,000원

ISBN 979-11-408-0744-4 (8권)
ISBN 979-11-408-0729-1 04810 (세트)

신컨의 원 코인 클리어

아케레스 퓨전 판타지 장편소설 ⟨8⟩

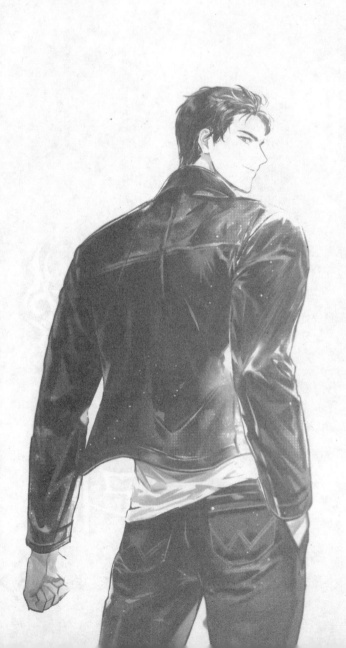

Contents

하늘 쇠사슬 군도의 왕 (2)

　지구는 마법, 신비의 도움 없이 과학으로만 발전한 이례적인 차원 중 하나였다.

　심지어 영혼을 가진 인간의 숫자가 무려 수십억에 달하기까지.

　무수한 차원을 돌아다니며 침략을 일삼는 마왕들의 시선에서도 지구는 신기하기 그지없는 차원이었다.

　동시에 먹음직스러웠다.

　영혼이 수십억에 달했기에 차원의 억지력은 그 어떤 차원보다 강했지만, 정작 그 안에 사는 존재는 신비에 대한 저항력이 없다.

　차원의 억지력만 어떻게 해결하면 침략이 그 어떤 차원보다

쉬운 차원이 바로 지구인 것이다.

실제로 단탈리안이 지구를 침략하는 과정은 다른 차원에 비해 매우 간단했다.

창천, 에덴의 차원에서는 차원의 원주민들을 설득하고, 유혹하는 과정을 거친 반면 지구는 그저 게임 하나 개발했을 뿐인데 그대로 3억의 인류가 빨려 들어왔다.

바르바토스가 중얼거렸다.

"그래서 지구가 가치 있는 차원이지."

단탈리안이 하늘 쇠사슬 군도의 왕 스테이지를 내려다보았다.

마왕들은 항상 차원 침략에 성공하는 것이 아니었다.

아주 오랜 시간 동안 힘과 경험을 쌓은 지금은 성공률이 꽤 높아졌다고는 하지만, 잊을 만하면 실패 사례가 등장해 주변의 웃음거리가 되는 일이 빈번했다.

하늘 쇠사슬 군도의 역대 최강 용사, 쿨린은 방해 없이 성장하게 둔다면 능히 푸르카스가 만들어 놓은 차원 침략의 전초 기지를 몰아내고 그를 차원에서 추방할 가능성이 있는 남자였다.

물론 차원에 흥미를 잃은 푸르카스가 그 성장을 방조했기 때문에 이만큼이라도 올라올 수 있었던 것이긴 했다.

여하간, 하나의 차원을 구원할 재목이 될 수 있는 그런 존재가 다시 한번 쓰러졌다.

퍼억.

태양의 주먹이 쿨린의 심장을 세 번째로 꿰뚫고, 신성한 빛이 쿨린을 네 번째로 부활시켰다.

유성을 소환한 대마법사는 란의 풍술에 손발이 묶였고, 군도 최강의 방패는 살로몬의 연기에 질식해가고 있었다.

사제만이 메시아의 견제 도중에도 제 영혼을 태워 가며 용사 일행을 간신히 보조하고 있었다.

"더 볼 필요 있습니까? 이미 끝났는데."

재미 볼 것도 없는데 가시죠.

단탈리안의 은근한 종용에도 바르바토스는 움직이지 않았다.

푸르카스가 수염을 쓸어내리며 대신 대답했다.

"플레이어 윤태양도 재판의 대상이다."

"흐음."

"지금이야 너에게 후원을 받고 네 편처럼 느껴지겠지만, 막상 재판대 앞에 서면 달라질 수도 있는 거지."

"확실히. 그런 사례가 꽤 있긴 했죠."

마계 재판.

초월자들의 시시비비를 가르기 위해 열리는 재판이지만, 필멸자가 재판대에 선 경우도 아주 없지는 않았다.

"좋은 꼴은 못 보겠군요."

"이제까지 그랬으니, 아마 앞으로도 그러겠지."

마왕들의 대화 와중에도 태양 일행의 스테이지 진행은 계속

됐다.

스테이지의 목표, 용사들을 모두 죽이는 것.

태양 일행은 의도적으로 용사를 죽이지 않았다.

권능의 가능성이 있는 기술들을 캐내기 위해서였다.

푸르카스가 그 모습을 보며 혀를 찼다.

"누구한테 어떤 이야기를 들었는지, 철저하기 그지없단 말이지."

"푸르카스, 당신의 이전 스테이지에서 배운 경험 덕분이라고는 생각하지 못하는 겁니까?"

"한 번의 경험으로 얻을 수 있는 건 한 번만큼의 배움이지. 녀석들이 하는 건 그 이상이고."

"저런. 태양은 지구의 기술을 통해 억 단위의 지성 생명체와 의견을 교환하고 행동을 결정합니다. 모르셨나 보군요."

"궤변이군. 억이든 조든 없는 정보를 기반으로 결정을 내리는 건 불가능해. 사전에 이에 대해 정확하게 알고 있는 누군가가 세심하게 명령을 내린 수준의 움직임이라고 보는 게 타당하지 않겠나?"

"안 되는 걸 되게 하는 게 윤태양의 행보입니다. 되짚어 보시는 게?"

단탈리안과 푸르카스는 첨예하게 대립했다.

바르바토스는 애초에 단탈리안을 견제하기 위해 내려온 입장이었지만, 제3자의 입장에서 봐도 푸르카스의 의견에 힘을 실어 줄 것 같다고 생각했다.

윤태양은 권능을 얻을 수 없다는 사실을 깨닫고는 스테이지에 훼방을 놓았다.

사제를 통해 용사 일행을 모두 되살리고, 기사 쿨린에게 상황을 설명했다.

권능에 관해서. 그리고 마왕의 노림수에 관해서까지 전부 다.

사제를 제외한 용사 일행은 태양의 설명에 눈물을 흘리며 섬 밖으로 내려갔고, 태양은 사제를 죽임으로써 스테이지의 완결 조건, 용사 일행을 '모두' 죽여라를 달성했다.

사소한 말장난.

하지만 마왕들이 만든 차원 미궁의 시스템은 융통성을 발휘했고, 태양 일행이 푸르카스가 내린 목표를 클리어했다고 판정했다.

또한 용사 일행은 단 한 명의 희생만으로 패퇴했고, 태양 일행이 자리를 뜨는 즉시 푸르카스의 본거지를 치기로 합의했다.

푸르카스는 차원 침략을 포기할 작정이었지만, 그렇지 않더라도 포기할 수밖에 없는 상황이 도출된 것이다.

말하자면, 태양 일행은 얻을 것이 없음에도 불구하고 그들이 할 수 있는 최대한으로 푸르카스의 행보를 방해했다.

"이 정도 되면 도박이지. 목숨을 건 도박. 차원 미궁의 스테이지 클리어 조건을 통해 마왕이 하는 일을 이보다 더 완벽하게 방해할 수 있나? 심지어 일개 플레이어가 마왕에게 이런 짓을 할 수 있다는 건 다른 마왕의 사주가 없다면 불가능한 일이야."

"단순히 플레이어 윤태양의 간이 배 밖으로 나왔다는 생각은 안 하시는 겁니까?"

"물론 그것도 가능성에 포함시킬 수 있겠지. 하지만 실제로 네놈은 내가 '공과 사를 구분하지 못할 가능성'을 감시하기 위해 친히 29층에 행차하셨지 않나? 네놈의 담당 층을 내버려 두고 말이야."

"과한 걱정이군요. 제 앞가림은 스스로 충분히 잘하고 있습니다만. 70억 인구풀의 차원 지구가 차원 미궁에서 플레이어로서 기능을 잘하고 있지는 못하지만, 플레이어 윤태양이 있죠. 그리고 플레이어의 역량과 영혼의 질이 상관관계가 있다는 증거는 그 어디에도……."

바르바토스가 단탈리안의 말을 끊었다.

"논점 흐리지 마라, 단탈리안. 윤태양은 명백히 얻는 것에 비해 잃을 게 큰 도박판을 벌였어. 그건 확실한 사실이다."

그 말뜻은, 도박에서 지지 않을 확신이 있었다는 이야기다.

바르바토스가 제 중절모를 매만졌다.

"플레이어 윤태양이 용사 쿨린에게 마왕의 차원침략 과정을 설명하는 건 문제가 되지 않는다. 둘 다 필멸자니까."

초월자끼리는 차원 침략, 권능에 관해 이야기하지 말자는 연대가 있었지만, 필멸자는 그렇지 않다.

애초에 필멸자는 초월자와 그런 연대로 엮일 수 있는 자격 자체가 없다.

바르바토스가, 마왕들이 중요하게 보는 건 다른 지점이었다.

그 정보를 윤태양이 어떻게 얻었는가.

당연한 이야기지만, 100에 90은 그 출처로 단탈리안을 지목할 수밖에 없다.

"이런. 여기가 27층 스테이지였다면 저도 수긍하겠습니다만, 여긴 28층이잖습니까. 당장 저번 스테이지에서 마왕의 차원 침략 과정을 적나라하게 겪었는데, 모르는 게 더 이상한 일 아니겠습니까?"

"그렇게 치자면 27층에서 내 판을 효율적으로 망쳤던 윤태양의 행동부터 이상하지 않나?"

"보셨으면 알겠지만, 윤태양의 행동은 다 나름의 근거가 있었습니다. 원주민 우르프의 제안부터 연구실장들의 일지까지요."

말싸움이 격화될 조짐을 보이자 바르바토스가 끼어들었다.

"시시비비는 재판장에서 가리지."

사제가 죽임을 당하고, 스테이지를 클리어한 태양 일행이 세 마왕이 서 있는 공간으로 소환됐다.

그들 앞에서 바르바토스가 묵직한 저음으로 선언했다.

"제7계위 마왕, 대공 바르바토스는 제50계위 마왕, 죽음의 푸르카스의 요청으로 제71계위 마왕, 천변의 단탈리안과 그의 계약자, 플레이어 윤태양을 마계 재판에 회부한다."

단탈리안이 손을 들어 반박했다.

"이의를 제기합니다. 플레이어 윤태양은 차원 미궁의 플레이어로서, 그리고 제 계약자로서 의무를 다하기 위해 하루라도 빨리 차원 미궁을 올라야 합니다."

푸르카스가 재반박했다.

"마왕 단탈리안의 의견을 받아들일 수 없습니다. 플레이어 윤태양은 마왕 단탈리안의 부정을 뒷받침하는 증거로서 반드시 재판에 회부해야 합니다. 그리고 단탈리안의 부정이 확인될 시 윤태양 역시 폐기조치를 해야 하니 차원 미궁을 오른다는 명분은 의미가 없습니다."

바르바토스가 푸르카스를 바라보며 고개를 저었다.

"타당하지 않다. 단탈리안이 무죄일 가능성도 있다."

푸르카스가 작게 미소를 내지었다.

"그렇다면 제 재량으로 플레이어 윤태양이 겪을 마계 재판을 30층 스테이지로 만들겠습니다. 마왕 단탈리안이 승소한다면 플레이어 윤태양 역시 스테이지를 클리어한 것으로 치부하면 되지 않겠습니까?"

단탈리안은 일말의 미동 없이 다시금 손을 들었다.

"재판 과정에서 플레이어 윤태양이 업적을 얻을 경우의 수가 터무니없이 적습니다."

"원하는 바는?"

"최소 15개의 업적을 보장받아야 합니다."

푸르카스가 곧바로 재반박했다.

"플레이어 윤태양의 29층 클리어 지금 상황에서 업적은 313개. 층당 평균 11개의 업적을 획득했습니다. 11개의 업적을 보장하는 것이 적합합니다."

태양이 보장받을 업적 역시 푸르카스가 부담해야 하니 당연한 반발이었다.

"그것뿐인가?"

"아니오. 그건 플레이어 단탈리안의 계약자로서의 입장일 뿐입니다."

바르바토스가 단탈리안을 바라봤다.

단탈리안이 고갯짓으로 태양을 가리켰다.

바르바토스가 태양을 바라봤다.

소환되자마자 정신이 없을 법한데도 태양은 흔들림 없이 상황을 관조하고 있었다.

마치 이런 일이 일어날 것을 예상한 것처럼.

"플레이어 윤태양. 너는 마계 재판에 회부되어 단탈리안과 나누었던 의사소통에 관해 증언해야 한다. 이 과정은 너와 28층에 같이 입장한 플레이어 란, 메시아, 살로몬에게도 손해를 입히는 행위인 동시에 너도 다른 플레이어가 보장받는 기회를 동등하게 보장받지 못하게 만든다. 그러므로, 푸르카스에게 조건을 제시할 수 있는 권한이 있다."

태양이 머리를 쓸어 넘겼다.

"차원 미궁이 플레이어를 이렇게 인격적으로 대우해 주는 곳인지 몰랐네. 놀랐어."

말과 동시에 바르바토스가 손가락을 튕겼다.

콰드득.

발락만큼이나 거대한 질량의 마나가 태양을 향해 내리꽂혔다.

태양의 무릎이 구부러졌으나, 접히지는 않았다.

'이걸 버틴다.'

2개의 드래곤 하트에서 나오는 막대한 마나만으로 버틴 것이 아니었다.

신성.

태양의 마나에서 신성의 기운이 느껴졌다.

이 역시 재판에서 다뤄야 할 내용이었다.

눈을 번뜩인 바르바토스가 중얼거렸다.

"다른 말을 허용한 적 없다. 푸르카스에게 내걸 조건과 재판 회부에 가, 부만 결정하면 된다."

태양이 으득, 이를 악물며 간신히 되물었다.

"내가 내건 조건이 과하다면?"

"그 조건이 과하다는 판단을 재판부에서 한다면, 푸르카스는 네 조건을 받아들이지 않을 수 있다. 다만 그것은 푸르카스가 결정하는 게 아니라 재판부에서 결정한다."

"내가 회부를 거절하는 게 가능한 건가?"

"가능하다. 다만 너는 앞으로 차원 미궁을 오르지 못한다."

이미 줘 버린 힘을 빼앗을 수는 없다.

업적은 존재, 영혼에 각인되는 힘이었으니까.

하지만 차원 미궁이라는 시스템에서 강제로 퇴장시킬 수는 있었다.

"사실상 거절이 불가능하다는 이야기군."

태양이 단탈리안을 바라봤다.

단탈리안이 가볍게 고개를 끄덕였다.

태양이 대답할 스탠스를 취하자 바르바토스가 마력을 거뒀다.

"푸르카스에게 내걸 조건을 이야기하겠다."

"듣겠다."

"권능, 살법(殺法)의 이해."

"무슨……."

푸르카스가 얼굴을 일그러뜨리려 반박하려 했지만, 그 말은 끝까지 이어지지 못했다.

바르바토스가 딱─ 손가락을 튕기고, 거대한 문이 나타났다.

"결정은 재판부에서 한다."

쿠웅.

붉은 재질의 거대한 문이 열리고.

콰앙.

닫혔다.

금발에 얼굴에 나태가 가득한 남자가 불만스럽게 투정을 부렸다.

"무슨 말이 그렇게 많아? 그냥 빨리 끌고 들어오면 안 돼? 시간 아깝게."

"안 돼."

외알 안경의 노신사.

제2계위 마왕, 군단의 아가레스가 일축했다.

소년의 얼굴을 한 바알이 삐죽 입술을 내밀었다.

"휴, 그나저나 재판이라니. 이거 진짜 오랜만이네?"

"세 번째다. 그리고 오랜만에 들어온 척하지 마, 바알. 넌 그 때 귀찮다고 안 나왔었다."

"앗, 그랬나."

픽-.

짓궂게 미소 지은 제1계위 마왕, 바알이 재판장을 둘러보고는 선언했다.

"정숙. 지금부터 재판을 시작한다."

마계 재판

"정숙. 지금부터 재판을 시작한다."

바알이 재판장을 훑었다.

무릇 재판이라면 엄숙한 분위기에 얼굴이 굳어 있는 참여자들이 진지하게 임해야 하건만, 마계 재판은 달랐다.

일단 참여자부터.

시시비비를 결정하는 판사 자리가 하나 비었고, 배심원 자리도 척 보기에도 알 수 있을 만큼 구멍이 숭숭 뚫려 있었다.

아가레스와 바알을 포함해서 판사는 둘.

배심원 바르바토스와 제12계위 마왕, 시트리, 제16계위이자 쉼터에서 클랜전을 맡은 제파르를 비롯해서 간신히 여덟을 채웠다.

마계 재판이 열리기 위한 최소한의 여건이 마왕 열 명의 참석이니, 정말 최소한의 마왕만 모인 것이다.

태양이 고개를 갸웃거렸다.

"생각보다 관심이 없네?"

"네. 나름대로 제 업적입니다."

단탈리안이 웃었다.

마계 재판에는 변호사와 검사가 없었다.

열 명 이상의 마왕이 참관한 마계 법원은 '진실 강요'의 특성을 가졌기 때문이다.

진실 강요 특성은 72명의 마왕이 마계 법원을 만들 때 동의한 마계 법원만의 시스템인데, 법원에 들어온 영혼은 거짓을 말할 때마다 제 격에 비례하여 영혼에 타격을 입히는 파괴 장치였다.

영혼의 격이 초월의 경지에 달한 마왕들이니만큼 비례에 의해 입는 타격은 어마어마했다.

단탈리안은 스스로를 변호하며, 푸르카스 역시 스스로 검사의 역할을 하며 찾아낸 증언과 상황을 통해 단탈리안의 죄를 주장한다.

그 과정에서 거짓이 있다면 실시간으로 그 대가를 치른다.

간단한 과정이다.

요점은 자신에게 불리한 주제를 건드리지 않은 채 상대에게 불편한 증언을 하게 만드는 것.

목적은 판사와 배심원들을 설득하는 것.

눈 옆의 매혹점이 인상적인 제12계위 마왕, 시트리가 팔을 괸 채 피고로 법정에 선 단탈리안을 내려다보았다.

"단탈리안은 이번에도 빠지지 않네."

"원고 한 번, 피고 두 번인가?"

쇠를 긁는 듯한 쉰 목소리.

제파르가 대답했다.

"그나저나 마계 재판. 잊을 만하면 한 번씩 하는군."

"어머. 기억력도 좋으시네. 난 솔직히 이게 뭔지 다 까먹었는데."

"저런. 기억하고 있는 게 좋아. 그렇지 않으면 밑의 저런 녀석들이 한 번씩 다가와서 코 베어 가는 걸세."

"아스타로트처럼?"

제파르가 말없이 고개를 끄덕였다.

마계 재판은 일흔두 명의 초월자가 서열을 정리하고 스스로를 마왕이라는 레이블 안에 집어넣은 이후 가장 처음으로 생긴 시스템 중 하나였다.

그리고 이런 대단한 노동자원들의 합심해서 생긴 마계 재판이라는 시스템은 생기고 나서 거의 사용되지 않았다.

그 이유는 세 가지 사건으로 대변되는데. 그중 하나가 바로 20권능 강제 반환 사건이었다.

"그래. 그때 그 20권능 강제 반환 사건처럼 말이야."

20권능 강제 반환 사건.

시작은 아스타로트와 단탈리안의 말싸움이었다.

무력 충돌로 부딪치는 대신 아스타로트의 일방적인 모욕으로 끝나 단탈리안은 마왕들의 비웃음거리가 되는 듯했으나, 단탈리안이 아스타로트를 마계 재판에 회부하면서 이야기가 달라졌다.

당시 아스타로트는 다른 마왕들이 이미 한 번 침략한 차원을 이어받아 여러 차원을 돌아다니며 권능을 채굴했는데, 단탈리안이 아스타로트의 권능 채굴이 의도된 사기 행각이라며 여러 증거를 제시한 것이다.

아직 인식이 나쁘지 않았던 시기에 열린 마계 재판이었기에 지금과 다르게 참여한 마왕은 많았고, 그중 열다섯 명의 마왕이 피해자로 지목되었다.

단탈리안은 20개의 권능을 그 열다섯 명의 마왕에게 돌려줘야 된다고 지적했고, 아스타로트가 내놓은 증거와 상관없이 배심원들의 판단으로 아스타로트는 패소했다.

결론은 눈을 뜬 채 20개의 권능을 빼앗겨 버린 아스타로트만 울고, 나머지 마왕들은 웃었다는 이야기다.

자신에게 돌아올 이득 없이 막대한 자료를 준비하여 아스타로트를 나락에 빠뜨려 버린 단탈리안의 극악한 명성이 다시 한번 재입증되는 사건이기도 했다.

이 사건 이후 단탈리안은 당연히 많은 마왕이 꺼려하는 존재가 되었으며, 마계 재판도 아예 열리지 않았다.

마계 재판이 열릴 것 같으면 차라리 전투로 일대일 결투로 해결하는 게 낫다는 분위기가 주를 이루게 되었기 때문이다.

마왕은 무력으로 탈각의 경지에 이른 존재가 대부분이었다.

제 발로 72마왕의 격이 들어찬 법원이라는 공간에 돌아와 '입'으로만 시시비비를 가릴 바엔 차라리 시원하게 무력을 견주는 게 낫다는 생각이 마왕들 사이에 퍼진 것이다.

그렇기에 마계 재판은 단탈리안, 푸르카스와 같이 손익 계산이 빠르고 입으로 상대를 이길 자신이 있는 마왕들이나 사용하는 시스템이 되어 버렸다.

소공자의 모습을 한 마왕, 바알이 머리를 긁적였다.

"바싸고가 처음에 제안했을 땐 좋아 보였는데. 이제 와서 보니 그냥 귀찮은 일이 됐네."

아가레스가 외알 안경을 치켜들며 대답했다.

"바알, 바싸고의 의견에 가장 적극적으로 동조했던 건 너 아니었나?"

"그러니까 말이야. 그땐 하도 덤벼대는 애들이 많아서 귀찮아서 그랬지. 짜식들이 밑에 애들부터 깨고 올 것이지 바로 1계위를 차지하고 싶다고 달려드는 통에……."

장난스럽게 말끝을 흐린 바알이 원고석에 앉아 있는 푸르카스를 내려다봤다.

"그나저나 단탈리안에게 소송을 걸 줄이야."

바알이 볼을 긁적였다.

"손해라면 죽어도 싫어하는 푸르카스. 본인이 피를 보더라도 어떻게든 상대한테 피를 뽑아내는 단탈리안. 절대로 붙지 않을 조합이라고 생각했었는데 말이지."

"바르바토스가 관여했더군."

"바르바토스가?"

"그래. 지구 출신의 플레이어 윤태양이 단탈리안의 손에 넘어간 게 어지간히 견제가 되었던 모양이야."

바알이 새삼스러운 얼굴로 윤태양을 내려다보았다.

"최전선만 보고 있어서 몰랐네. 그 정도야?"

"이 상황까지 나온 걸 보면 보통은 아니라는 소리겠지."

⁂

마계 재판의 진행 과정은 생각보다 간단했다.

솔직히 말하면 태양의 기대에는 못 미쳤다.

"플레이어 윤태양은 27층, 역병 퇴치 스테이지에 진입하고 나서도 스테이지를 클리어할 생각이 없었습니다. 따로 언급하지는 않았지만, 스테이지에서 보인 윤태양의 행동이 진실을 드러내고 있습니다. 해당 스테이지가 제 침략 차원이라는 사실을 알았고, 제가 보낸 차원 침략 병기가 무엇인지 알아내기 위해 스테이지 클리어를 미뤘습니다."

푸르카스가 스테이지의 영상을 틀며 이야기했다.

이에 단탈리안이 반박했다.

"아뇨. 영상을 보셨다면 아시겠지만, 플레이어 윤태양은 신중하게 스테이지를 풀어 나갔을 뿐입니다. 최초 2차 숙주라고 명명된 괴물의 무력 수준이 이제까지 겪어 왔던 비슷한 층의 다른 적보다 강하다는 사실을 인지했기 때문이죠."

"그렇다고 치기엔 속도가 많이 늦었습니다. 또한 스테이지에서 수집한 정보를 통해 슈퍼컴퓨터라는 목적이 확실해진 다음에도 윤태양을 비롯한 플레이어들은 목표를 처치하기 위해 움직이지 않았습니다. 오히려 더 찾을 것이 있다는 듯한 제스처를 취했죠. 이것이 그 증거입니다."

푸르카스는 또 다른 증거를 내밀었고, 단탈리안은 또다시 반박했다.

말꼬리에 말꼬리를 붙잡는 말싸움.

이제까지 지켜본 마계 재판을 가장 정확하게 표현한 문장이다.

형세는 단탈리안에게 불리하게 흘러가는 듯했다.

태양과 플레이어들이 푸르카스의 차원 침략을 소재로 이득을 보기 위해 행동한 것은 명백한 사실이었다.

말을 하지는 않았지만, 행동을 통해 비치는 의도가 때로는 오히려 더 명확한 법이다.

게다가 단탈리안도 유려한 언변으로 반박을 반복했지만, 그

뿐.

푸르카스의 잘못을 지적하지 않았다.

토론의 초점은 태양의 스테이지 진행에 고정되어 있었고, 이 때문에 제3자가 보기엔 단탈리안이 변명을 반복하는 것처럼 보일 뿐이었다.

그리고 푸르카스는 결국 가장 중요한 카드를 내놓았다.

—푸르카스네.

—마왕이 보낸 듯?

—ㅇㅇ.

—애도 의심 좀 해 봐야 될 듯. 마왕 따까리일지도 모르잖아.

—ㄹㅇ.

……

—근데 클리어 과정을 이렇게 꼬아도 됨? 스테이지 클리어로 안 쳐주면 어떡함?

—오우거 부락에서도 그랬잖음. 마왕의 의도대로 움직이는 거랑 클리어랑은 별개임.

…….

—언데드 병사임?

—어우 쒸에에엣…

—일지에서 1차로 원정 보내고 실패했다 그랬으니까 맞게 찾아 가고 있는 거네.

-와. 진짜 마술 같다. 꼭 밥 먹으면서 볼 때만 이런 장면이 마술같이 나오냐. 하... 몇 번째인지 모르겠네.

　푸르카스가 내놓은 증거에 배심원, 바르바토스가 물었다.
　"이게 뭐지?"
　"플레이어 윤태양은 지구인들이 차원 미궁으로 넘어오기 위한 도구, 가상현실 기기를 이용하고 있습니다. 가상현실 기기를 통해 지구인들은 윤태양이 차원 미궁에서 행하는 일들을 실시간으로 볼 수 있습니다."
　바알이 흥미롭다는 듯 턱을 쓰다듬었다.
　"와, 지구의 인간들은 우리랑 다를 것도 없이 차원 미궁을 오르는 광경을 보고 있다는 거네?"
　"지구 출신 몇몇 플레이어에 한해서지만, 그렇습니다. 중요한 건 이 텍스트입니다."

　-푸르카스네.
　-마왕이 보낸 듯?
　-ㅇㅇ.
　-얘도 의심 좀 해 봐야 될 듯. 마왕 따까리일지도 모르잖아.
　시청자들이 우르프를 의심하는 장면이다.

　"지구의 원주민들은 차원의 원주민이 마왕, 제 추종자가 아닐지 의심해야 한다고 이야기합니다. 즉, 이 텍스트는 플레이어 윤태양이 28층에 진입하기 전 마왕, 단탈리안과 모종의 대화를 했다는 가장 강력한 증거가 될 수 있습니다."

푸르카스가 태양의 방송 채팅 창을 들먹이자, 채팅들이 우르르 올라왔다.

－? 우리가 잘못했다는 거?
－에반데.
－판사님, 저희는 아무것도 모릅니다.
－그 채팅은 우리 집 고양이가 눌렀습니다... 진짜루요...

바알이 눈을 반짝였다.
"아하, 이런 거구나. 재미있네. 아가레스. 우리도 스테이지를 보면서 실시간으로 의견을 공유할 수 있는 시스템을 한번 만들어 볼까?"
"네가 전적으로 담당해서 만든다면 말리지는 않겠다."
말과 함께 아가레스가 손가락을 튕겼다.
동시에 채팅 창이 멈췄다.
단지 잠깐 훑어본 것만으로 태양과 지구, 가상현실 기기와 방송 시스템의 상관관계를 이해한 아가레스가 마법으로 관리자 권한에 개입해 채팅을 정지시킨 것이다.
명백히 상식적이지 않은 통찰력.

아가레스는 평이한 어조로 말을 이었다.

"지금은 재판 중이니, 나중에 생각하도록 하지."

단탈리안이 손을 들었다.

"푸르카스의 의견에 반박합니다. 플레이어 입장에서 스테이지의 모든 존재는 마왕의 하수인일 가능성이 있습니다. 시청자들은 플레이어 윤태양의 행동에 조언하기 위해……."

"아뇨. 그랬다면 이전, 우르프를 만나기 전부터 그런……."

결정적 증거와 함께 두 마왕은 목소리를 높이기 시작했다.

그리고.

쿵.

배심원석이 바르바토스가 일어났다.

"더 볼 것도 없군요. 단탈리안의 유죄입니다. 단탈리안은 푸르카스의 권능 채굴 사업을 방해한 대가로 손해 입은 권능 세 개, 그리고 얻을 수 있었던 권능 1개. 총 합 4개의 권능을 보상하고 푸르카스의 채굴 사업을 방해한 도구, 플레이어 윤태양을 폐기 처분하십시오."

"동의합니다."

"나도."

"저도."

바르바토스의 의견 발의와 동시에 세 명의 마왕이 더 일어났다.

"제파르?"

시트리가 제파르를 바라보자, 제파르가 멋쩍게 웃었다.

"이게 마계 재판이 사장된 이유 아니겠나."

마계 재판에서 판사와 배심원의 비중은 1:1이다.

두 명의 판사와 여덟 명의 배심원.

재판장인 바알의 영향력을 생각하면 정확히 1:1로 떨어지지는 않겠지만, 대략 비슷한 수준이다.

상황을 깨달은 바알이 콧잔등을 긁었다.

"아가레스, 너도 푸르카스 편이지? 아니, 바르바토스의 편인가?"

아가레스는 대답하지 않았다.

하지만 아가레스가 바르바토스와 나쁘지 않은 사이라는 건 바알도 알았다.

푸르카스가 제 혼자의 힘으로 마왕들의 지지를 받는 것은 불가능했다.

하지만 다른 마왕들에게 영향력이 있는 바르바토스라면 다르다.

푸르카스는 이미 결정권의 50%와 완벽한 증거를 무기로 단탈리안에게 승부를 걸었다.

다른 말로 하자면, 절대로 지지 않을 싸움을 걸었다.

72명 중 다섯.

크지 않아 보이는 숫자지만, 실상은 다르다.

마왕은 그 격만큼이나 독립성이 강한 존재들이고, 그들이 남

신컨의
원코의
클리어

을 위해서 움직여 주는 일은 쉽게 볼 수 없었다.

"어지간히 준비했네."

바알이 다른 이들에게 물었다.

"나머지는?"

작게 입술을 삐죽인 시트리가 손을 들었다.

"난 증언을 더 들어 보고 싶은데."

"더 들을 필요 있나?"

배심원석에 앉은 다른 마왕들이 콧잔등을 찡그렸다.

이미 결론이 난 재판이었다는 사실을 깨달았던 탓이다.

"그나저나 단탈리안이 지다니. 화젯거리는 되겠어."

"이런 장면을 직접 관람했으니 운이 좋다고 해야 하나?"

바르바토스가 옅게 웃음을 지었다.

마계 법원의 철퇴는 언제나 해당 영혼에 치명적인 수준으로 타격을 입힌다.

격에 비례해서 입히는 타격이 약해진다고는 하지만, 그 수준은 언제나 해당 영혼에 치명적이다.

거짓을 말한다면, 윤태양은 죽는다.

진실을 말한다면, 역시 윤태양은 죽는다.

바르바토스의 목적은 무조건 달성되는 것이다.

재판장, 바알이 입을 열었다.

"플레이어 윤태양."

재판 개전 이래 처음으로 초월자가 아닌 이에게 시선이 집중

되었다.

"증언하라."

'뒤에서 바르바토스와 합을 맞추고 있다는 사실은 알았지만, 아가레스를 비롯해서 마왕 세 명을 더 섭외할 줄이야.'

재판의 시작부터 이미 절반이 넘어가 있는 상황은 솔직히 단탈리안도 예상하지 못했다.

마왕은 남의 명령을 곧이곧대로 듣는 것을 극도로 싫어하는 존재였다.

애초에 한 분야에서 초월(超越)의 경지에 오른 모든 존재는 그럴 수밖에 없었다.

경지에 걸맞은 긍지와 자존감은 당연한 것이었으므로.

단탈리안의 계산에 의하면, 푸르카스와 바르바토스의 합작품인 현 상황은 배보다 배꼽이 더 큰 상황이었다.

'한 명의 마왕을 이렇게 의도대로 움직이려면, 평균적으로 권능 2개 정도의 가치가 필요해.'

정확히 계량되어 있지는 않지만, 단탈리안의 경험상 통상적으로 그렇다.

단탈리안이 굉장히 수완 좋은 마왕이라는 것을 계산하면 더 들었을 수도 있다.

이는 즉, 푸르카스와 바르바토스가 고작 권능 5개를 갈라먹기 위해 최소한 권능 8개, 혹은 그와 필적하는 무언가를 거래해고 있다는 뜻이었다.

단탈리안이 새삼스러운 얼굴로 바르바토스를 바라봤다.

바르바토스는 차원 미궁 저층에 관심이 없다시피 한 마왕이었다.

특히 인간들에게는 더욱 더 그랬다.

실제로 그 움직임도 거의 관측된 바 없었다.

샥스의 층에서 발견된 두어 번 정도가 분명 끝이었건만.

'당신은 나만큼이나 플레이어 윤태양을 고평가하고 있군. 아니, 더 정확히는 제 평가를 경계하고 있어.'

배심원석에서 아래를 지켜보던 바르바토스와 단탈리안의 시선이 맞았다.

단탈리안이 빙긋 웃었다.

바르바토스.

제8계위 마왕이자, 전 차원에서 가장 유능한 사냥꾼으로 불리는 남자.

그는 동시에 차원 미궁 최상층에서 벌어지는 오크, 엘프, 인간의 각축전에서 오크에 베팅한 마왕이기도 했다.

사냥꾼의 감이 단탈리안의 움직임을 보고 확신한 모양이었다.

윤태양은 최상층의 각축전 양상을 뒤집을 수 있는 인재라는 것을.

"바르바토스, 이왕 준비할 거면 한 명 더 잡지 그러셨습니까."

그래 봐야 달라지는 건 없었겠지만.

바알이 입을 열었다.

"증언하라."

단탈리안이 손을 들었다.

"증인에게 법정의 '진실 강요'를 요구합니다."

진실 강요.

마계 법정에서 완벽한 진실을 요구할 때 사용하는 특성.

거짓을 말할 경우 영혼에 타격을 입히는 가장 위험한 무기.

바알이 푸르카스를 바라보았다.

푸르카스가 고개를 끄덕였다.

"허락합니다."

피고 단탈리안의 요청과 원고 푸르카스의 허락.

그리고 재판장 바알의 허가가 떨어졌다.

바알의 명령에 반응한 법원의 '진실 강요' 특성이 태양을 휘감았다.

단탈리안이 치솟아 오르려는 입꼬리를 억눌렀다.

굳이 푸르카스를 공격하지 않고 이야기에서 방어만 했던 이유.

애당초 이 그림을 그리고 있었기 때문이다.

단탈리안은 지는 게임은 하지 않는다.

이길 방법 역시 처음부터 생각해 놨다.

'진실 강요' 특성에 대고 '거짓말'을 하는 것.

법원이 내린 가장 원초적이고 강력한 벌을 맞아 버린다면, 먼저 판결을 받아 버린다면.

판사와 배심원의 판결은 무의미해진다.

일사부재리(一事不再理).

확정 판결이 일어난 사건은 다시 재판할 수 없다.

그러므로 죗값을 치른 범죄에 대해 다시 죗값을 물을 수도 없다.

단탈리안이 활짝 웃었다.

"플레이어 윤태양. 증언하시면 됩니다."

태양이 단탈리안을 바라봤다.

"이 상황을 타개할 방법은 당신의 증언뿐입니다."

단탈리안은 이제껏 태양을 관찰하며 많은 검증을 거쳤다.

재능, 정신력, 마왕과의 대결에서의 경쟁력.

태양은 그 모든 검증에서 단탈리안이 정한 기준을 넘어섰다.

그렇기에 단탈리안은 태양에게 손을 내밀어 그를 붙잡았다.

하지만 단탈리안은 여전히 태양을 의심했다.

아무리 재능있는 유망주라도 예상만큼 성장하지 못하는 경우는 있다.

심지어 많다.

성인 리그에 들어가기 전까지는 끝없는 검증이 필요한 법이다.

아니, 들어가고 나서도.

최고 리그에서도, 그리고 리그의 꼭대기에서도 자신의 능력을 끝없이 증명해야 하는 게 모든 플레이어의 운명이다.

더 나아가자면 플레이어뿐만 아니라 모든 경쟁 사회에서 살아가는 존재들이 짊어진 운명이다.

단탈리안은 그렇게 생각했다.

누군가는 단탈리안의 의심이 병적이라고 생각할지도 몰랐다.

단탈리안도 부인할 생각이 없었다.

그는 태생적으로 남을 믿지 못했다.

그렇기에 그는 자신에게 치명적으로 다가올 수 있는 리스크를 떠안으면서까지 태양을 다시 검증의 단두대에 올려 보냈다.

'자, 다시 한번 보여 주십시오.'

단탈리안이 타는 듯한 눈동자로 증인석에 선 태양을 바라봤다.

───

시스템 창에 두 줄의 텍스트가 떠올랐다.

[재판장 바알이 증인 윤태양에게 증언을 명령합니다.]
['진실 강요' 특성이 플레이어 윤태양의 영혼을 저당잡습니다.]

쿠웅.

어느새 태양은 재판장의 정 중앙에 서 있었다.

푸르카스와 단탈리안을 포함해 도합 열두 명의 초월자가 각양각색의 기운을 내뿜으며 바라보고, 마계 재판의 시스템이 특유의 존재감을 드러내며 태양의 영혼을 찍어 눌렀다.

필멸자라면 제정신을 유지하기도 어려운 압박감.

그 속에서 태양이 눈동자를 굴렸다.

'돌아가는 상황을 보면, 단탈리안은 내가 거짓 증언을 하기를 바란다.'

여기서 진실을 이야기하면.

그러니까 28층에 진입하기 전 단탈리안과 했던 이야기를 풀어놓는다면 재판은 당연히 진다.

어린아이라도 쉽사리 할 법한 계산이니만큼, 태양이 해야할 일은 거짓 증언이 분명하다.

"쓰읍."

태양이 혀로 입술을 훑었다.

단탈리안은 같은 편에서 지켜보는 입장에서도 소름이 돋을 만큼 유능한 마왕이다.

그리고 그는 재판이 일어날 가능성에 대해서도 이미 이야기한 바 있었다.

해결 방법에 관해서는 따로 이야기할 시간이 없었지만.

'굳이 이야기하지 않은 거라면?'

단탈리안이 이 상황을 예상했으면서도 굳이 언급하지 않았다.

이는 즉, 태양이 스스로의 힘으로 해결할 수 있다고 판단했다는 이야기다.

다른 존재였으면 깜빡 실수를 저질렀거니 생각했겠지만, 완벽에 완벽을 기하는 존재, 단탈리안이 그런 실수를 했을 것 같지 않았다.

'해결 방법이 있다는 이야긴데.'

태양은 재판장의 중앙에서 우두커니 서서 생각을 거듭했다.

'법원의 진실 강요 특성은 격에 비례해 파괴력이 달라진다고 했어.'

파괴력의 비가 워낙 커다란 탓에 초월자라면 거짓을 말하는 순간 재기가 불가능할 정도로 엄청난 타격을 입는 시스템이라고 했다.

하지만 반대로 생각하면, 영혼의 격이 초월자에 비하면 한참 떨어지는 태양에게는 그 파괴력이 상당 부분 경감된다는 이야기이기도 했다.

300여 개의 업적을 쌓고, 단탈리안에게 신성의 일부를 받아 다른 필멸자보다는 초월자에 가깝다고 볼 수 있는 태양이지만, 당연히 초월자의 격에는 미치지 못한다.

인간의 영혼을 가진 태양이 마왕 수준의 정신 방어 마법을 사용한다면?

'가능성은 있어.'

권능은 후원한 마왕의 격에서 비롯된 기술이다.

다른 말로 하면 플레이어의 격과 상관없는 성능을 낸다.

태양의 격에 비례한 철퇴를 마왕의 권능으로 막아 낸다면, 버틸 수 있다는 결론이다.

그리고 태양에게는 철퇴를 막아 낼 마왕의 권능이 있었다.

태양이 입술을 짓씹었다.

등골에 소름이 타고 올랐다.

태양이 다시 한번 단탈리안을 돌아보자, 단탈리안이 의미심장한 미소를 지었다.

[신룡화(神龍化)]

[플레이어 윤태양의 혈액이 마왕 발록의 능력치를 얻습니다.]

동시에 배심원 석에서 웅성거리는 소리가 흘러나왔다.

"발락의 기운?"

"맞아! 저 녀석! 발락이랑 일대일 대련에서 이긴 플레이어라고 했었지."

"뭐? 발락이 필멸자에게 패배했다고? 그것도 오크가 아니라 인간에게?"

"몰랐어? 꽤 유명했는데."

"허. 어쩐지 마계 재판에 필멸자를 데려왔다 했더니, 저런 녀석이었군."

바르바토스가 데려온 마왕들은 꽤나 놀란 기색이었다.

시트리가 팔을 괸 채 태양을 내려다보았다.

"흐응, 저게 단탈리안의 선택을 받은 플레이어란 말이지."

윤태양이 입을 열었다.

"증언하겠습니다."

"……."

배심원들이 한순간에 조용해졌다.

"저 윤태양은."

두근.

태양의 심장에 자리한 2개의 드래곤 하트가 거칠게 맥동하기 시작했다.

"28층 푸르카스의 층에 진입하기 전, 마왕 단탈리안이 보낸 '신탁'과 접촉했습니다."

꽈릉.

말을 맺음과 동시에 '진실 강요'의 번개가 태양을 후려쳤다.

"진실이네."

바알이 눈을 가늘게 뜬 채 태양을 내려다보았다.

번개에 맞은 태양은 머리카락 한 올도 훼손되지 않고, 눈동자 역시 올곧았다.

당연한 일이다.

애초에 번개는 태양의 육체에 타격을 입히는 것이 아니라, 영혼, 정신에 타격을 입히는 것이었으므로.

신권의
원코인
클리어

집중하여 조명해야 할 부분은, 눈동자.

전혀 흔들리지 않았다.

번개에 타격을 입었다면 있을 수 없는 일이다.

하지만 바알이 관찰하고 있는 것은 다른 것이었다.

태양 내부에서 끓어오르고 있는 저것.

"저건……."

바르바토스가 입을 열었다.

"증인이 단탈리안과의 접촉을 인정했으므로……."

"아니오."

태양이 바르바토스의 말을 끊었다.

"단탈리안은 신탁에서 푸르카스의 권능. 마왕의 차원 침략에 관한 이야기를 한 적이 없습니다. 즉, 푸르카스는 부당한 근거를 바탕으로 단탈리안을 내몰았습니다."

바르바토스의 말을 끊고 들어온 태양의 말.

동시에 법원의 '진실 강요' 특성이 다시 한번 번개를 내뿜었다.

번쩍.

눈앞에 명멸하는 빛과 함께 태양이 이를 악물었다.

용의 혈액.

용혈(龍血).

실제로 용의 데이터를 구할 수 있는 차원에서 상주해 온 마법사 살로몬이 인정한, 심장과 함께 용의 육체에서 가장 가치 있다고 일컬어지는 신체 부위다.

'이걸 부위라고 표현하는 게 옳은지도 모르겠지만.'

과거, 살로몬은 용혈의 새로운 특성을 찾아냈다고 이야기했었다.

혈액에 마나를 일정 이상으로 집중하면 기화(氣化)하며 나타나는 '정신계 마법 절대 저항' 특성.

콰르르르르르륵.

혈관에서 피가 들끓으며 이루 말할 수 없는 통증이 느껴졌다.

심장, 머리에서 시작된 통증은 순식간에 상체 전반으로 퍼지더니, 하체까지 뒤덮었다.

빠드득—.

저도 모르게 이가 갈리는 동시에 순백의 빛이 태양을 뒤덮었다.

72명의 마왕이 관여한 번개가 거짓을 말한 태양의 영혼에 상해를 입히기 위해 그의 육신을 더듬었다.

약 3초.

직전과는 다른, 명백히 긴 시간.

태양의 격에 맞춰 약화된 파괴력은 발락의 면역 체계를 뚫지 못했다.

'여기까지 봤다는 건가.'

찌르르—.

등골에 오싹한 소름이 올라왔다.

통증과 별개로 가슴 한편이 서늘해지는 기분이었다.

28층에 진입하기 전, 신탁을 통해 반투명한 단탈리안이 태양에게 접촉하던 바로 그 순간, 단탈리안은 이미 이 상황까지 봤다.

단탈리안은 태양이 쓰임새도 찾지 못한 용혈의 특성과 푸르카스의 성격, 그리고 바르바토스의 견제를 물감 삼아서 '마계 재판'이라는 그림을 그렸다.

승리할 밑그림을 완벽하게 그려 놓고, 심지어 그 그림의 마지막 완성을 태양의 손끝에 맡김으로써 태양을 다시 한번 시험하기까지 했다.

다른 말로 하자면, 완벽하게 가지고 놀았다.

태양과 푸르카스, 바르바토스.

더 나아가 마계 재판에 참여한 바알과 아가레스를 비롯한 열 명의 마왕까지 전부다.

그런데 과연 이게 끝일까?

태양의 실패했을 경우의 수는 생각하지 않았을까?

단탈리안이 본 미래는 지금 여기, 마계 재판까지였을까?

만약 아니라면.

'어디까지 봤다는 거냐.'

태양이 고개를 돌려 단탈리안을 바라봤다.

지구를 차원 미궁이라는 나락과 연결시킨 마왕.

지금은 한배를 타고 있지만 언젠가 무너뜨려야 할 적.

단탈리안.

하얗게 명멸하는 번개 너머에서, 단탈리안 역시 하얗게 미소 짓고 있었다.

이론과 현실은 다르다.

대한민국의 교육 현실이 이를 입증한다.

이론적으로 고등학교를 성실하게 다니는 것만으로 수능에서 만점을 받을 수 있다.

이론적으로는 그렇다.

수능은 고등학교에서 알려 준 이론을 정말로 알고 있는지 확인하는 시험이기 때문이다.

하지만 현실은 그렇지 않다.

아무리 머리가 좋은 학생이라 한들 필수적으로 소비해야 하는 시간 이외에도 최소 하루 평균 5시간 이상을 사용해 가며 공부해야 좋은 성적을 얻는다.

시대를 조금만 더 거슬러 올라가면 사당오락(四當五落), 4시간 자면 붙고 다섯 시간 자면 떨어진다는 격언이 존재할 정도였다.

물론 이는 대한민국의 교육 현실에만 적용되는 일이 아니다.

차원 미궁 역시 마찬가지다.

'이론적으로' 괴수의 특성과 스테이지의 규칙을 완벽하게 숙지하고 그에 맞는 스펙을 준비한 플레이어가 아무렇지도 않게 죽어 나간다.

신의
원코인
클리어

카드에 내장된 스킬은 '이론적으로' 플레이어가 완벽하게 다룰 수 있으나, 처음부터 완벽하게 다루는 플레이어는 없었다.

이는 초월자 역시 마찬가지다.

당장 푸르카스가 그 예다.

이번 재판을 위해 바르바토스와 아가레스를 더불어 네 명의 마왕을 섭외하면서 까지 완벽하게 준비했는데, 단탈리안에게 패배할 위기에 빠졌다.

이론과 현실의 괴리는 종종 초월자의 발목마저도 붙잡는다.

'그렇기에 내 선택이 가치 있는 거지.'

단탈리안이 법정 중앙에 선 태양을 바라봤다.

입꼬리가 자꾸만 치솟는다.

이론적으로는 태양이 이겨 낼 수 있는 상황이다.

주변 대화와 설명을 통해 마계 재판의 '진실 강요' 특성이 어떤 건지 설명해 줬고, 돌아가는 상황을 통해 거짓 증언을 해야만 한다는 정황을 던져 주었다.

일전의 동료 플레이어인 살로몬이 신룡화의 혈액 각성을 발견함으로써 '진실 강요' 특성을 어느 정도 무효화할 방법 또한 있다.

하지만 이건 어디까지나 이론이다.

마왕도 버틸 수 없는 '진실 강요'의 특성을 인간의 몸으로 견딜 수 있다는 확신.

단탈리안 본인은 일언반구 언급도 하지 않았던 신룡화의 혈액 각성을 스스로 연관 짓는 센스.

그리고 실험해 본 적이 없는 미지의 영역을 실패 없이 확장에 성공하는 능력.

태양은 이론적으로나 떠들어 댈 수 있는 일을 현실에서 보란 듯이 해냈다.

심지어 신룡화의 혈액 각성은 제 영혼의 격보다 높은 마왕의 권능을 다루는 일이었다.

"완벽합니다."

단탈리안이 하얗게 웃었다.

'진실 강요'의 형벌이 태양을 내리찍었다.

하지만 각성 반응을 일으킨 발락의 용혈은 태양의 영혼을 완벽하게 보존했다.

이윽고, 법정을 순백으로 물들이던 번개가 사그라들었다.

남은 것은 온전한 정적뿐.

"……."

"……."

바르바토스의 눈썹이 꿈틀거리고, 푸르카스의 얼굴이 흉신악살(凶神惡殺)처럼 일그러졌다.

아가레스가 제 외알 안경을 치켜세웠다.

"할 말이 없군."

"그래. 이건 할 말이 없네."

바알이 동의했다.

재판장의 판단은 법정의 '진실 강요' 특성이 시시비비를 가리지 못했을 때 효력을 얻는다.

법정은 지금 윤태양의 증언에 이미 판단을 내려 버렸다.

"윤태양의 말은 진실이다."

거짓이었으면 윤태양은 죽었어야 했다.

혹여 거짓이었다고 하더라도, 윤태양은 이미 죗값을 치러 버렸다.

"이건······."

바알이 푸르카스의 말을 끊었다.

"반론은 없어."

마계 재판의 시스템은 72마왕의 동의 하에 만들어졌고, 모든 마왕은 크던 작던 조금씩이라도 기여했다.

시트리가 피식 웃었다.

"마법이 증인을 죽이지 못했다면 우리는 그것을 사실로 받아들여야 한다. 그런 취지였었지. 처음에는."

애초에 법원의 진실 강요 특성의 원론적인 목적이 그것이다.

자신의 격에 상해를 입힐 정도로 거짓말을 치고 싶다?

쳐라. 네가 원하는 것이 그거라면.

철퇴를 맞는 것만으로 대가를 치를 수 있다.

지극히 마왕다운 캐치프레이즈였고, 그래서 마왕의 사회에 이런 시스템이 정립될 수 있었다.

쿵, 쿵, 쿵.

바알은 일말의 고민 없이 제 앞에 놓인 망치를 들어 세 번 내리쳤다.

마계 재판의 끝을 알리는 소리였다.

법정을 가장 먼저 빠져나간 건 바알이었다.

소년의 형상을 한 제1계위 서열의 마왕은 살아온 세월과 관계없이 여전히 소년인 것처럼 행동했다.

두 번째로 빠져나간 무리는 제12계위 마왕, 시트리와 그녀로 대변되는 '아무런 이해관계 없이' 재판에 참여한 배심원들이었다.

세 번째는 단탈리안과 태양.

그리고 푸르카스와 아가레스, 그리고 바르바토스와 그를 따라 재판에 참여한 마왕 무리는 여전히 법정에 남아 있었다.

아가레스가 표정을 굳힌 채 앉아 있는 바르바토스에게 고개를 까딱였다.

"보시다시피 내가 관여할 수 있는 일이 없더군. 바알이 참여하는 바람에 재판장으로 재판에 참여하지 못한 점은 미안하게 생각하지만, 만약 내가 재판장이어도 아무것도 할 수 없는 상황이었어."

"물론 이해하네. 약속한 권능은 그대로 주겠네."

"철강비술(鐵鋼祕術)만 받겠네. 나는 어차피 참석할 것이었고 완전히 엎어져 버린 건 자네 쪽인데."

아가레스는 건조한 목소리로 받기로 한 2개의 권능 중 하나만 받겠다고 이야기했다.

"이해를 바라지는 않았다만, 받지 않겠다는 권능을 굳이 주는 것도 우스운 노릇이지."

자존심을 세우는 말.

아가레스는 바르바토스의 어깨를 가볍게 두드린 후 법정을 빠져나갔다.

물론, 모두가 아가레스처럼 유하게 반응하지는 않았다.

바르바토스가 데려온 나머지 네 명의 마왕은 처음 약속했던 권능, 혹은 약속을 에누리 없이 받아 갔다.

"아가레스야 여유가 많지만, 우리는 없는 시간 쪼개서 온 거니까. 이해하지?"

"이번 일은 유감이야."

일방적으로 손해 보는 것을 좋아하는 생명체는 없다.

그것은 72명의 마왕에게도 해당되는 말이었다.

그리고 그 72명의 마왕 중 가장 손해를 싫어하는 마왕이 푸르카스다.

하지만 그런 푸르카스가 손해를 보고도 오히려 바르바토스에게 유감을 표할 정도로 바르바토스의 손해는 극심했다.

"안 됐군."

푸르카스 역시 재판에서 패배하고, 단탈리안에게 졌다는 꼬리표를 달고, 스테이지에서 채굴할 수 있었던 권능들을 잃게 되었다.

하지만 실리적인 부분에서 바르바토스에 비할 바가 못 됐다.

바르바토스는 당장 푸르카스 자신의 손해도 메워 주며 일을 진행했기 때문이다.

바르바토스는 이번 일로 아무리 적게 잡아도 최소 10개의 권능을 허공에 날렸다.

아스타로트의 20권능 반환 사건에 비견될 만한 큰 실패를 겪었으니 바르바토스의 멘탈이 온전하기를 기대하기는 어려웠다.

"위로는 필요 없네."

바르바토스는 무표정한 얼굴로 그렇게 답했다.

실제로 바르바토스는 잃은 권능들을 아까워하고 있지 않았다.

그는 단탈리안, 그리고 태양을 생각하고 있었다.

'마왕의 권능을 응용할 정도의 수준이라.'

놀랍기 그지없는 존재다.

물론, 그 정도 경지에 닿은 플레이어가 아예 없는 것은 아니었다.

아그리파의 카인 역시 권능을 응용하는 경지에 다다랐다.

오크 종족 플레이어, 피 튀기는 번개와 활강하는 매도 그랬다.

엘프 쪽에도 없지 않았다.

하지만 정말로 놀라야 할 부분은, 태양은 아직 차원 미궁의 절반도 채 올라가지 않은 상태에서 그런 경지에 다다랐다는 것이다.

카인도, 피 튀기는 번개도, 활강하는 매도.

최고 수준의 경쟁자들 사이에서 피를 흘리며 그 능력을 개발했다.

하지만 태양은 달랐다.

그 누구와의 경쟁도 없이 스스로 그 경지에 다다랐다.

아주 긴 시간 동안 예외가 없던 일에 처음으로 예외가 생겨났다.

'준비해야겠군.'

물론 어려운 일이 될 것은 자명했다.

태양의 뒤에 서 있는 마왕이 단탈리안임으로.

바르바토스는 앉은 자리에서 빠르게 상황을 복기했고, 해야 할 일을 찾았다.

"푸르카스. 약속은 지키겠다. 하지만 그와 별개로, 너에게 미안하다고 사과하고 싶군."

제8계위 마왕의 사과.

푸르카스가 제 수염을 쓰다듬었다.

"변명은 하지 않겠다. 내가 제안한 일 때문에 너는 단탈리안에게 패배했다는 꼬리표를 달게 되었다. 상황을 모르는 마왕들.

혹은 아는 마왕들도 너를 보며 비웃겠지."

"상관없다. 네가 제언했지만, 내가 선택한 일이다. 아쉬움은 있지만, 후회는 하지 않는다."

푸르카스가 고개를 저었다.

바르바토스가 그런 푸르카스를 보며 눈을 빛냈다.

"추락한 평판을 뒤집을 여지가 있다. 들어보겠나?"

"뒤집을 여지라."

"그래. 간단한 이야기다. 단탈리안과의 싸움에서 다시 한번 이긴다면, 평판은 뒤집힌다."

승리.

꼭 무력적인 싸움일 필요가 없다.

직접 싸울 필요도 없다.

단탈리안의 일을 방해하던, 그의 새로운 카드를 찢어내던.

간접적인 방법으로도 얼마든지 할 수 있다.

아주 작은 승리면 충분하다.

혹자는 그것을 정신승리라고 하겠지만, 자존심이 드높은 마왕들 사이에선 그 정신승리가 중요했다.

"바르바토스. 자네는 능력이 출중한 마왕이야. 마왕들 사이에서는 특이하게도 신의를 알고, 또 하는 말을 반드시 지키는 마왕으로도 유명하지. 또한 그만큼이나 고고한 자네의 성정도 유명하고. 그렇기에 자네의 사과가 기껍네. 자네의 사과는 흔치 않고, 그런 만큼 가치가 있다는 걸 아니까."

다시 한번 제 수염을 쓸어내린 푸르카스가 말을 이었다.

"나는 아닐세."

"뭐가 아니라는 말인가."

"평판을 그렇게 중요하게 생각하지 않네. 중요한 건 내 손에 쥐어진 것이지, 무형의 가치는 내게 의미가 크지 않아."

푸르카스가 한 걸음 뒤로 물러섰다.

"이미 감정에 휩쓸려 일을 그르쳤네. 단탈리안과의 대립은 내가 보기에 올바른 선택지가 아니야. 미안하네. 하지만 이번 일로 깨달았어. 단탈리안은 만만하지 않아. 나와 자네가 머리를 맞대었는데도 졌네. 그는 얼마든지 나에게 더 큰 손해를 입힐 수 있어."

솔직히 알고 있는 사실이었다.

이번 건도 단탈리안이 대놓고 푸르카스의 밥그릇을 노리며 움직이지 않았다면 그와 이렇게 대립할 일은 없었다.

푸르카스는 단탈리안에게 보복하고 잃은 것을 되찾기보다 차라리 아예 그와의 연결고리를 끊어 버리고 싶었다.

"그렇게 겁먹은 개처럼 꼬리를 말고 도망가는 것까지 계산했기 때문에 단탈리안이 자네를 건드렸다는 생각은 하지 않나? 그렇지 않다는 걸 보여 줘야 하지 않겠나."

"그럴지도 모르지."

푸르카스가 고개를 끄덕였다.

바르바토스의 말은 틀리지 않았다.

하지만, 동시에 푸르카스는 그것으로 충분하다고 생각했다.

푸르카스가 여기에서 일을 끝낸다면 그것으로 단탈리안과의 연결고리는 끝이다.

지금까지의 손해를 끝으로 단탈리안과 멀어질 수 있다는 이야기다.

입맛이 쓰기는 하지만, 그것으로 충분하다.

손해를 봤고, 사건은 일단락됐다.

나에게 손해를 입힐 가능성은 멀리 둘수록 좋다.

그것이 푸르카스의 판단이었다.

"실망스럽군."

바르바토스의 경멸 어린 눈동자에도 푸르카스는 태도를 바꾸지 않았다.

"……자네가 나와 같은 마왕의 위에 올라와 있다는 사실에 기분이 나쁠 지경이야."

"바르바토스. 세상 모든 일이 자네 입맛대로 흘러가지는 않네. 그리고 자네가 아무리 입을 놀려 봤자 내 판단이 변하지도 않고."

바르바토스가 입을 꾹 다물었다.

맞는 말이다.

단탈리안은 푸르카스의 이런 성정까지 고려해서 움직였을 터였다.

바르바토스가 거친 발걸음으로 법정을 나섰다.

나가는 모습을 확인한 푸르카스가 가볍게 한숨을 내쉬었다.

"나답지 않았어."

안전한 성장만을 추구하여 초월의 위에 올랐건만, 스스로 자신의 행동 원리를 부정했다.

"이제는 다시 나답게 돌아가야지."

성장을 거듭한다.

물론 푸르카스는 손해를 잊는 마왕이 아니었다.

기억하고 기억해서, 언젠가는 돌려줄 작정이었다.

다만 그 기간이 지금이 아닐 뿐이다.

푸르카스는 군자의 복수는 10년이 걸려도 늦지 않는다는 사실을 잘 알았다.

단탈리안의 모든 그림이 걷히고, 언젠가 지금 이 사건을 까먹었을 때쯤.

그때 복수해도 늦지 않는다.

우뚝.

법정 바깥으로 나가던 푸르카스가 발걸음을 멈췄다.

그 앞에는 특유의 포커페이스로 웃고 있는 단탈리안과 태양이 있었다.

"……무슨 일이지, 단탈리안."

분명 단탈리안과 멀어지기 위해서 바르바토스의 제안을 거절했는데.

단탈리안은 오히려 외딴 섬이 되기로 한 푸르카스를 찾아왔다.

"나에게 더 뜯어 먹을 콩고물이 있던가?"

"콩고물이라. 언어 선택이 너무 적나라한 거 아닙니까?"

"없는 말은 아니잖나."

"그건 그렇지만서도."

픽 웃은 단탈리안이 푸르카스를 바라봤다.

푸르카스만한 여우라면 당연히 감정을 숨기는 데 익숙하겠지만, 표면적으로 적의를 표하지 않는다는 사실만으로도 충분히 대화의 여지는 있어 보였다.

"말을 길게 섞고 싶지는 않군. 용건부터 말하는 것이 어떻겠나."

"이거 섭섭하군요. 당신에겐 퍽 좋은 제안을 드리려고 왔는데."

"들어 보지."

못마땅한 음색.

그에 어울리지 않은 긍정적인 답변.

이왕 피해를 감수하기로 했다.

한 줌 정도의 손해 정도는 더 감수할 용의가 있었다.

……그것으로 완벽하게 끝난다면.

단탈리안인 담백한 음성으로 용건을 내놓았다.

"플레이어 윤태양을 당신의 차원 침략에 무상으로 제공하겠습니다."

"······그게 무슨 말이지?"

"꼬아 들으실 필요 없습니다. 하하. 물론 저도 제가 한 말을 꼬아 듣지 않기 어렵다는 것을 압니다만, 정말로 그렇습니다."

"무상. 아무 대가도 바라지 않고, 윤태양을 내 차원 침략을 돕는데 제공하겠다는 거냐?"

"네. 채굴한 권능은 온전히 당신의 것입니다. 이번 층에서 차원 침략에 사용될 도구인 키메라도 부서지고, 당신의 체면도 땅에 떨어졌지 않습니까? 플레이어 윤태양이 직접 투입되어 키메라의 일을 일부분이나마 해 주면 실리도 어느 정도는 메워지고, 제가 당신을 도왔다는 측면에서 당신의 체면도 어느 정도는 차려질 겁니다."

푸르카스가 수염을 매만지며 빠르게 머리를 굴렸다.

단탈리안이 얼을 이득.

일차적으로 생각나는 건 윤태양의 성장이다.

마왕은 차원 미궁을 극악한 난이도로 만들지만, 층에 따라 만들 수 있는 최고 난이도는 정해져 있다.

층마다 얻을 수 있는 거의 최고의 보상만을 얻어 내며 올라온 태양에게 36층 이하의 스테이지를 클리어하는 건 이미 유의미한 경험이 아니게 되어 버렸다.

'동층보다 명백히 어려운 권능 채굴에 참여시켜 태양의 성장을 멈추지 않게 하려는 의도로군.'

푸르카스가 단탈리안의 뒤에서 팔을 꼰 채 서 있는 태양을 바라봤다.

단탈리안의 말이 이어지며 가장 먼저 생각한 가설은 맞아 들어가는 듯했다.

"만약 당신이 이 제안을 받아들인다면 바알과 운영위원회에 제소해야겠죠. 플레이어 윤태양은 당신이 스테이지화(Stage化)한 차원을 한 층으로 취급하여 클리어하는 것으로 취급한다면 30층부터 35층까지 총 6개의 차원 채굴에 가담할 수 있을 겁니다."

"차원 미궁 시스템에서 플레이어의 층 등반에 관여하는 문제에 대해 예외는 없을 텐데."

"예. 없습니다. 아직까지는요. 없으면 만들면 되지 않겠습니까. 이번 건은 플레이어의 층 등반보다 당신과 저의 관계 회복에 더 무게추가 실릴 겁니다."

플레이어에 관련된 법규가 아무리 무거워 봤자 두 마왕의 이해관계에 비하면 가볍다.

더 적확히 표현하자면, 필멸자의 무게는 초월자 앞에서 의미가 없는 수준이다.

푸르카스의 이마에 주름이 잡혔다.

단탈리안의 용건은 이해했다.

하지만 그것으로는 설명이 되지 않는 부분이 있었다.

그리고 단탈리안의 의도를 이해하지 못하면, 푸르카스는 단탈리안의 용건을 받아들일 수 없었다.

거기에서 비롯돼서 더 큰 손해가 발생할 수도 있으므로.

'부족해.'

윤태양의 성장.

물론 그를 후원하는 단탈리안의 입장에서는 좋은 일이다.

하지만 그것 하나를 위해서 벌이는 일치고는 푸르카스에게 돌아오는 리턴이 너무나도 크다.

그리고 들이는 품에 비해 얻어 가는 게 너무 없다.

바알을 비롯한 운영 위원회를 만나 가며 그들을 설득할 만큼의 수고로 다른 일을 몇 개는 더 벌릴 수 있다.

그것 말고도 단탈리안의 입장에서는 걸릴 게 몇 가지나 더 있다.

당장 몇 분 전만 해도 바르바토스가 푸르카스에게 단탈리안의 견제를 제안했다.

그동안도 푸르카스와 단탈리안의 사이가 나쁘다는 사실은 공공연했지만, 이렇게 날카롭게 대립각을 세운 건 처음이다.

단탈리안의 입장에서는 푸르카스의 발을 막기 위해 이런 제안을 하는 것일 수도 있었다.

'하지만 단탈리안이 내 심경을 모를까?'

그가 보여준 모습을 생각하면 그건 아니다.

행보를 통해 비추어 봤을 때, 단탈리안은 명백히 푸르카스의 심경을 읽고 일을 벌였다.

"……바알을 설득하는 것은 어려운 일이 아닐 겁니다. 굳이 어려운 상대는 아가레스인데, 그 역시 말이 안 통하는 상대는

아니죠. 1계위 마왕과 2계위 마왕의 동의만 받아 내면 그 이후
로는······."

그렇다면, 답은 하나다.

"단탈리안, 상황이 생각보다 좋지 않군?"

뚝.

푸르카스의 한마디에 단탈리안의 입이 닫혔다.

"판을 짜는 능력. 읽는 능력. 너는 이번 기회에 확실하게 검
증했지."

"······."

"그런 네가 굳이 나에게 와서 손해 보는 장사를 하려고 한다.
그렇다면 이야기가 뻔하지."

간단하다.

그냥 올라가는 게 더 큰 손해를 보기 때문에, 편법을 이용하
려고 하는 거다.

그리고 그 가능성이라 함은.

"사브나크와 아스타로트가 바르바토스의 혓바닥에 넘어갔
나? 아니, 아직은 아니겠지."

바르바토스는 약 5분 전에 푸르카스에게 같이 일하자고 손을
내밀었다.

이번 일의 실패는 푸르카스에게도 그랬지만 바르바토스에게
도 의외의 일이었을 게 분명했다.

당연히 가까운 푸르카스에게 먼저 제안하고, 그다음으로 그

녀들에게 가는 게 맞았다.

그렇다면 바르바토스는 아직 접촉하지 않았거나, 이제야 접촉했다.

반면 이번 일을 설계한 단탈리안에게는 시간이 많았다.

"시간이 많았는데도 포기한다. 바르바토스보다 좋은 조건을 제시할 자신이 없는 거군."

제43계위 마왕, 사브나크.

제29계위 마왕, 아스타로트.

각각 31~33층, 34~36층을 관리하는 마왕이다.

"하긴. 사브나크는 고지식하지만 바르바토스에게는 빚이 있지. 그녀의 백마와 관련된 이야기는 유명하니. 아스타로트는.. 똑똑하지. 네 말에 현혹되지 않을 만큼."

"그녀는 똑똑하기보다 까다롭죠."

아스타로트의 성정은 악질적이다.

어떤 면으로는 물질에서 초연한 부분마저 있어서 더욱 그렇다.

"자신의 이득보다 남의 손해를 더 좋아하는 사람 아닙니까."

그녀는 단탈리안이 '손해를 보지 않는 것'으로 유명한 마왕이라는 이유 하나만으로 바르바토스에게 힘을 실어 줄 마왕이다.

다만 차분한 눈으로 단탈리안을 바라봤다.

단탈리안이 어깨를 으쓱거렸다.

"솔직히 설득할 자신이 없는 건 아닙니다."

"그렇다면 내가 거절해도 상관없겠군?"

"다만."

단탈리안이 푸르카스를 바라봤다.

눈동자가 마치 뱀 같다.

"일이 실패로 돌아가고, 바르바토스는 당신을 찾아왔을 겁니다. 당한 일을 갚아 주자고. 그리고 당신은 거절했을 겁니다. 이유는, 저랑 엮이기 싫었겠죠. 이번 일처럼 치밀하게 꾸며도 손해를 볼지도 모른다고 생각했으니까요."

단탈리안은 단언했다.

푸르카스의 성정으로 유추할 수 있는 간단한 예상.

하지만 진실이기도 했다.

"그다음 저를 만났을 때, 당신은 또 생각했겠죠. 조금 더 손해를 보자."

그 역시 진실이었다.

"하지만 동시에 생각했겠죠. 저번에 입은 손해. 지금 입은 손해. 그리고 앞으로 입을 손해를."

"……."

"당신은 언젠가 그것을 갚으려 할 겁니다. 뻔하죠. 제가 이 일을 잊을 때까지 기다리고, 당신은 제 시야 안에서 일을 벌이려 하지 않겠죠. 왜? 자칫하다간 더 큰 손해를 입을 테니까."

……이 역시 진실이다.

낙관적으로 하는 단언일까.

그럴법하게 흘러가는 상황을 보고 예측한 넘겨짚기일까.

푸르카스의 통찰은 둘 다 아니라고 외쳤다.

'그렇다면.'

푸르카스는 등골에 오싹한 소름이 올라오는 것을 느꼈다.

어느새 푸르카스의 옆으로 다가온 단탈리안이 나지막하게 읊조렸다.

"그게 귀찮은 겁니다. 그래서 지금 손익 계산을 맞추자는 겁니다. 백 년. 천 년. 신경 쓰고 있기엔 긴 시간입니다. 피차 피곤해지지 않겠습니까."

푸르카스는 대답하지 않았다.

"거절할 이유가 있습니까? 이성적으로 따지면 지금이 가장 이상에 가까운 그림일 텐데요. 당신에게는."

사실이다.

"하."

가볍게 한숨을 내뱉은 단탈리안이 입매를 비틀었다.

"당신이 바르바토스의 제안을 거절한 이유."

이성적으로 손해라는 걸 깨달았기 때문에, 푸르카스는 바르바토스의 제안을 거절했다.

단탈리안은 그것을 꼬집고 있었다.

"……"

쫏.

가볍게 혀를 찬 단탈리안이 발걸음을 옮겼다.

"거절하신다면……."

"이번 일로 끝. 다른 추가 거래는 없었으면 좋겠군."

푸르카스가 걸어가는 단탈리안의 뒷모습에 대고 중얼거렸다.

"아니, 없어야 할 거야."

단탈리안은 등 뒤로 느껴지는 '죽음'의 실체화를 느꼈다.

푸르카스의 권능, 살법(殺法)의 현현.

싸운다면 승리를 100% 장담할 수 없다.

그렇다면 단탈리안은 싸울 의향이 없었다.

푸르카스가 그렇듯이, 단탈리안 역시 타고난 전사는 아니었다.

다만, 약간 더 뛰어난 모사꾼일 뿐.

"다음은 없습니다."

단탈리안이 웃었다.

쉼터로 돌아간 태양은 일행에게 상황을 설명했다.

어쩌다보니 단탈리안의 일에 휘말려 버렸다는 것.

그래서 다른 스테이지보다 훨씬 어려운 차원 침략 스테이지를 연달아 수행하게 되었다는 것.

굳이 단탈리안의 행보를 제지하지 않은 것은 태양도 단탈리안의 의도에 동감했기 때문이다.

태양은 동층에 비해 너무 강해져 버렸고, 36층 이전에서는 성장을 도모하기 어려워졌다.

성장이 멈추는 것보다는 난이도를 올리는 게 올바른 판단이다.

"알다시피, 어려울 거야. 나 때문에 굳이 어려운 길로 가게 됐다는 거지. 가기 싫은 사람이 있다면……."

"아아, 거기까지."

란이 귀찮다는 얼굴로 태양의 말을 끊었다.

"어차피 대답은 정해져 있는데, 굳이 물어볼 필요 있어?"

후욱.

담배 연기를 내뿜은 살로몬이 고개를 저었다.

"우리 의사를 존중하겠다는 나름의 표현이다. 당연히 중요하다."

"너는 항상 쓸모도 없는 형식적인 부분에 집착하더라?"

"인간의 마음은 형태가 없기 때문에 그것을 가늠하기 위해서는 기준이 필요하다. 그리고 그 기준을 우리는 형식이라고 하는 거고. 형식적인 부분이 쓸모가 없다고 생각하나?"

"어휴. 말은."

다투는 둘을 뒤로한 채, 메시아가 물었다.

"마왕들 사이에서 어떻게 의견을 관철시켰군?"

"어. 뭐."

본래 이야기에서는 태양 혼자만 차원 침략 스테이지를 진행하는 쪽으로 가닥이 잡혔었는데, 태양이 강력히 주장해 란과 살로몬, 메시아 파티를 같이 끼워 달라고 했다.

태양 혼자서 할 수 있는 일은 명백히 한계가 있기 때문이다.

고작 플레이어가 마왕 사이의 딜에서 목소리를 낸 것이 무모하기 짝이 없어 보였지만, 결과적으로는 수용됐다.

태양의 성공적인 스테이지 클리어가 단탈리안과 푸르카스의 이해에 합치하는 결과였기 때문이다.

단탈리안의 말대로 마왕들의 이해가 맞아 떨어지기만 하면 플레이어의 처우는 아주 쉽게 변했다.

이야기를 들은 란이 중얼거렸다.

"솔직히 마왕들이 원하기만 하면 차원 미궁 졸업도 그냥 시켜 줄 수 있는 거 아니야?"

"졸업은 어렵지만, 71층까지는 보내 줄 수 있다고 하더라고."

"오, 보내 줄 수 있대?"

태양이 어깨를 으쓱거렸다.

"어. 다만 지금 수준의 스펙이라면 우리는 아주 높은 확률로 죽겠지."

살로몬이 고개를 흔들었다.

"꼭대기는 72층인데, 71층까지만 보내 줄 수 있다니."

"그것도 물어봤는데, 대답은 안 들어도 알겠지?"

"궁금하면 올라가라고 했구나."

태양은 형식적으로 웃으며 장비를 점검했다.

카드에서 비롯되는 장비는 딱히 관리할 필요가 없지만, 나머지 물품은 그렇지 않았다.

태양의 표정을 읽은 란이 물었다.

"왜 또 급해졌어?"

"뭐가."

"낌새를 보니까, 또 빨리 올라가자고 할 기세기에."

"아."

태양이 어색하게 웃었다.

"뭐 때문이야?"

엑스트라 스테이지

차원 미궁이 가상현실 게임 단탈리안인 줄 알았던 시절.

태양이 단탈리안에 접속한 이유는 단 하나였다.

여동생, 별림이를 구하기 위해서.

그리고 별림이를 구하기 위해서는 단탈리안을 클리어해야만 했다.

이는 차원 미궁이 가상현실 게임이 아니라는 사실을 깨달은 다음에도 바뀌지 않은 전제 조건이다.

여기에서 태양의 목표는 두 가지로 나뉘었다.

첫 번째.

차원 미궁의 꼭대기에 올라 별림이를 비롯한, 가상현실 게임인 줄 알고 차원 미궁에 갇혀 버린 모든 인류를 지구에 재소환하는 것.

두 번째.

첫 번째 목표를 달성하기 전, 차원 미궁 어딘가에서 표류하고 있을 별림을 찾는 것.

차원 미궁에 갇힌 별림을 구하는 것과 상관없이, 차원 미궁 안에서 안위를 확인하는 것도 중요한 일이다.

통각이 느껴지지 않는다고 할지언정, 주변 상황이 정상적이지 않다면 당연히 정신적으로 다칠 수밖에 없다.

그동안은 첫 번째 목표, 차원 미궁을 오르는 일에만 집중했었다.

당연한 이야기지만, 별림이 사라진 곳은 36층이다.

태양이 최소 36층에 도달해야만 그녀를 찾을 전제 조건을 갖추게 된다는 이야기다.

그리고 지금, 태양 일행은 31층에 도전했다.

6개의 스테이지만 지나면 36층.

별림을 만날 수 있는 최소한의 전제 조건이 맞춰진다.

그게 태양이 마음이 급해진 이유였다.

다행히도 태양의 조급함은 일을 망치지 않았다.

35층, Extra Stage 5.

온몸이 번쩍이는 보석으로 뒤덮인 갑각류가 거대한 집게를 땅에 내리쳤다.

쩌엉-.

생명체의 영혼에 직접 타격을 입히는 진동이 퍼져 나갔다.

푸르카스의 다섯 번째 침략 차원에서 발견된 권능, 영파(影破)다.

그때 갑각류의 머리 위에 조그마한 갑각류가 날아들었다.

카드드드득,

영혼을 깨뜨리는 진동이 갑각류의 껍질을 실시간으로 긁어냈다.

이내 껍질이 깨어지고, 속살이 드러났다.

아니, 속살이 아니라 사람이 드러났다.

시가를 문 남자.

살로몬이었다.

"후욱―."

살로몬이 내뿜은 연기가 기하학적인 마법진이 되었다.

스모크 매직: 더스트 게이트(Dust Gate).

공간 이동 마법진이 추가로 세 인형을 데려왔다.

갑각류.

인간의 영혼을 찢어 섭취하는 사막 가재 언더 테이커는 최근 나타난 천적의 등장에 재빨리 바닥을 파고들었지만, 란이 휘두른 부채질이 빨랐다.

이산(移山)의 술(術).

산을 옮기는 술법이 부채를 타고 흐르자 거대한 바람이 언더 테이커가 밟고 있는 지반을 순식간에 쓸어내어 버렸다.

바람은 거대한 갑각류를 원하는 위치로 보내 주되, 그 거대한 몸을 가릴 지반을 없애 버렸다.

그 위로 떨어지는 건 흡혈귀, 메시아의 염동력이었다.

그래비티 포커스(Gravity Focus).

콰득, 콰득, 콰득.

스킬 카드, 한정적 중력 제어의 완벽한 숙달과 흡혈귀 특유의 마나 감각을 이용해 이뤄 낸 스킬화(Skill化).

염동력이 거대한 껍질 곳곳에 작렬해 움푹 움푹 구멍을 내놓았다.

키에에에에에에에.

어지간한 동산 정도의 덩치를 가진 갑각류, 언더 테이커가 다시 한번 집게를 들어 올렸다.

"안 되지."

태양이 발을 휘둘렀다.

후우우웅.

오른발에 초고속으로 회전하는 은하(銀河)가 생겨난다.

얼마나 많은 마나를 머금었던지, 일순간 근방의 마나가 모조리 빨려 들어가며 마나 진공 현상이 일어났다.

스타버스트 하이킥(Starburst High Kick) - 캐논 폼(Canon Form).

뻗어 나간 한 줄기 광선이 집게를 지탱하는 관절 부위를 관통했다.

쩌엉.

사람 셋은 족히 으깰 크기의 집게가 땅에 떨어졌다.

꽈릉—.

번개 치는 소리와 함께 태양의 신형이 거대 갑각류, 언더 테이커의 등판에 올라탔다.

"배운 거, 써 먹어 볼까."

-지금이 가장 적합할 거 같긴 해.

한쪽 무릎을 꿇어앉은 태양이 호흡을 크게 머금었다.

격파 자세의 기수식.

형(形)만을 베낀 기술이라 제약이 많다.

하지만 그 파괴력만큼은 일품이었다.

태양이 체득한 기술 중에서 감히 제일을 칭할 정도였다.

꽈르르릉.

태양의 심장에서 뿜어져 나온 마나가 탄력 있는 회로만을 거치며 거칠게 온몸을 휘감는다.

역천지공(逆天之工)-파천(破天).

영파. 영혼을 깨뜨리는 권능을 지닌 갑각류의 껍질에.

파천. 하늘을 깨뜨리는 주먹질이 작렬했다.

꽈드드드드득.

보석질의 껍데기가 마치 식용 망치에 부딪힌 랍스터의 껍질처럼 형편없이 깨져 나갔다.

이윽고 나타난 부드러운 속살 역시 태양의 주먹을 감당하지 못하고 터져 나갔다.

머리, 가슴, 배.

커다랗게 구분된 3개의 신체 부위에 공평하게 세 번의 파천이 작렬했다.

어지간한 동산만 한 크기의 갑각류.

천만 자릿수의 영혼을 표현 그대로 갈아 버린 저승사자, 언더 테이커의 최후였다.

콰드득.

사체가 되어 버린 언더 테이커의 껍데기를 비집고 나온 태양이 밝은 얼굴로 중얼거렸다.

"이거는 연습하면 확실히 실전에서 써먹을 수 있겠는데?"

─괜찮아? 마나 회로에 부담 간다면서.

"이 정도 위력이면 참고 쓸 만한 것 같아. 리턴이 확실하니까."

차원에서 채굴하는 모든 권능은 차원의 소유주인 푸르카스에게 돌아갔다.

태양, 단탈리안, 그리고 태양 일행에게는 일체 소유권이 없었다.

처음부터 그런 계약이었다.

하지만 그렇다고 차원 침략 과정에서 아무런 소득을 얻지 못하는 것은 아니었다.

권능이 될 수 있는 요소는 많다.

그중에서 전투 기술.

예시를 들자면 하늘 쇠사슬 군도의 용사가 사용하던 백팔번 뇌와 같은 기술들.

그런 것들을 익히는 건 플레이어의 재량에 따라 가능했다.

푸르카스가 그 기술을 권능화해서 사용하는 것과 별개로 태양도 그 기술을 사용할 수 있다는 이야기다.

더 쉽게 표현하자면 레전드 등급의 카드로 사용하지는 못하지만, 몸으로 체득하여 스킬화하면 사용할 수 있다.

특히나 태양은 전투 과정에서 상대방의 기술을 '다운로드'할 줄 알았다.

멋있게 표현해서 다운로드지, 쉽게 말하자면 베끼는 거다.

당장 태양이 무공에 입문하게 된 계기 역시 클랜전에서 운룡의 정의행을 베끼면서 일어났던 일이다.

권능을 채굴하지는 못했다.

하지만 몸으로 체득한 기술은 스킬화되고, 스킬화되지 못하더라도 몸에 베어 태양의 전투 경지를 더욱 더 끌어 올렸다.

물론 태양만 성장한 것이 아니었다.

스테이지를 겪으면서 얻는 장비는 물론이고, 권능에 다다르지 못한 기술들 역시 태양 일행의 차지가 될 수 있었다.

푸르카스에게 줘야 하는 건 어디까지나 '권능화'할 수 있는 부분들이었으니까.

가장 큰 혜택을 본 것은 란과 살로몬이었다.

31층부터 35층까지 5개 층을 올랐다.

다른 말로 하면 5개의 차원을 둘러봤다.

그것도 죄다 차원을 채굴할 정도로 기술이 발달된 차원이다.

차원 침략의 대상이 된 차원들은 마왕이 만들어낸 스테이지와는 근본적으로 다른 퀄리티를 지녔다.

층 하나하나가 살로몬의 고향 차원인 'Endless Express'와 비슷한 수준이었으니 다른 말이 필요 없는 수준이었다.

한 행성에 뿌리박고 사는 인류의 천재들이 머리를 맞대어 개발한 고등한 마나 운용 기술.

그것도 뿌리가 전혀 다른 다섯 종류의 운영법을 짧은 시간에 연달아 만나는 건 어지간해서는 못 해 볼 특별한 경험이다.

"중원을 돌아보며 이 정도면 그래도 뭔가 안다고 말하고 다니는 게 부끄럽지 않은 줄 알았는데."

"알면 알수록 모르는 것투성이라니. 모순적이기 그지없군."

역설적이게도, 살로몬과 란은 여러 차원에서의 배움을 거듭할수록 자신감이 없어졌다.

지식의 지평이 넓어지면서 반대로 자신이 얼마나 무지한지 더 처절하게 깨달았다는 모양이었다.

물론 그 자신감과 둘의 기량은 반비례했다.

⊰❅⊱

푸르카스가 만족스러운 얼굴로 36층에 진입하는 태양 일행을 바라봤다.

"좋군."

적일 때는 정말 어떻게든 훼방을 놓고 싶은 얄미운 존재였는데, 푸르카스 본인을 위해서 일하는 모습을 보고 있자니 이렇게 일 잘하는 일꾼이 따로 없었다.

한 스테이지당 클리어 시간 평균 사흘.

2주 만에 5개.

물론 태양 일행이 채굴 작업을 0부터 100까지 모두 했다고 말하기에는 어폐가 있지만, 그걸 감안하더라도 어지간해서는 놀랄 수밖에 없는 효율이었다.

뱀을 몸에 휘감은 미녀, 아스타로트가 입술을 핥았다.

"아쉽네요."

태양 일행이 예정대로 올라왔다면 그녀의 층에 들렀겠지.

'그렇다면 빼앗을 수 있었을 텐데.'

아스타로트의 이명은 타락이었다.

단탈리안이 애지중지하는 카드를 타락시켜 자신의 것으로 했다면 꽤 즐거운 경험이 되었을 텐데, 언제나 미꾸라지같이 빠져나가는 단탈리안은 이번에도 성공했다.

"아스타로트. 조언하자면, 단탈리안은 건드리지 않는 게 좋습니다."

백마의 고삐를 쥔 여전사, 사브나크가 딱딱한 목소리로 조언했다.

"알지, 알지. 유명하잖아."

아스타로트, 사브나크.

외에도 여러 마왕이 푸르카스의 층에 들어 앉아 태양의 스테이지 클리어 과정을 내려다보고 있었다.

그 수만 해도 대략 열.

'많군.'

푸르카스가 고개를 주억거렸다.

그의 층에 이렇게 많은 마왕이 모인 적은 처음인 것 같았다.

이유인즉슨, 이번 푸르카스의 차원 침략을 돕는 과정에서 윤태양의 인지도가 크게 늘어났기 때문이다.

플레이어들 사이에서의 명성은 당연히 드러나지 않았으므로, 마왕들 사이에서의 이야기다.

태양은 단순히 차원 미궁을 클리어하는 플레이어로서의 존재가 아니라, 차원 침략을 대신 해 줄 용병으로서 대단히 가치 있는 자원으로 받아들여지고 있었다.

"푸르카스, 이 좋은 걸 너 혼자 하고 있었단 말이야?"

"이봐, 푸르카스. 나도 단탈리안이랑 다리를 좀 놔줄 수 있나?"

"되겠나? 저번에 푸르카스가 당했던 모욕을 생각해. 나라면 근처에도 안 갈 거야."

"젠장. 그 정도 모욕에 권능 6개 채굴이면 당연히 이득 아니야?"

자기들끼리 떠들어 대는 다른 마왕들을 뒤로하고, 아스타로트가 중얼거렸다.

"사브나크, 그거 들었어? 이번 사건을 계기로 마왕들 사이에서 플레이어를 차원 침략의 용병으로 가용하려는 움직임이 생길 정도라던데."

"그럴 만도 하지. 생각해 보면 플레이어는 당연히 채굴을 잘할 수밖에 없어. 마왕이 그렇게 키웠으니까."

플레이어가 스테이지를 클리어하는 과정은 마왕이 차원을 채굴하는 과정과 얼핏 닮았다.

닮을 수밖에.

마왕은 차원을 채굴하고, 그 과정에서 얻은 경험을 바탕으로 스테이지를 창조하기 때문이다.

푸르카스가 끼어들었다.

"플레이어를 용병으로 기용하는 건 차원 미궁 운영 위원회에서 허락하지 않을 걸세."

아스타로트가 고개를 끄덕였다.

"뭐, 그럴 것 같긴 해."

그리고 거절당해도 반론할 마왕은 몇 없으리라.

"지구, 에덴, 창천. 이런 소규모 차원들과는 볼륨이 다른 커다란 차원이니까."

차원 미궁의 설립 이유는 차원 침략 따위의 것보다 훨씬 큰 목표를 겨냥하고 있다.

고작 권능 1, 2개를 먹자고 플레이어들을 빼돌리다가 손실이 나거나 그들의 성장을 제대로 보조하지 못하면 차원 미궁의 설립 근간이 흔들렸다.

　이는 고낙 권능 몇 개 채굴하는 것과 다른 규모의 이야기.

　대놓고 반발할 수 있는 마왕은 없다.

　아스타로트가 화면을 내려다보았다.

　서른여섯 번째 층, 푸르카스의 여섯 번째 차원에 진입한 태양 일행은 벌써 채굴의 실마리를 잡은 모양이었다.

　"정말로 채굴 기간이 평균 3일을 안 넘기겠는데."

　"단탈리안은 정말…… 신의 손인가?"

　"처음에는 단순히 상황 운이 따르는 줄 알았는데 말이야."

　마왕들이 수군거렸다.

　아스타로트가 중얼거렸다.

　"그나저나, 이제는 정말 재미있어지겠네."

　마왕들이 그리던 그림.

　차원 미궁이 열린 이래 초고의 슈퍼 루키의 차원 미궁 2페이즈 진입이 코앞으로 다가왔다.

땅따먹기 (1)

[획득 업적: 내핵 관찰, 용암에서 수영하는 남자, 화정(火淨), 토광묘(土狂猫) 달단 퇴치, 토끼 부족의 원수, 수창호(水唱虎) 가단차 퇴치, 호랑이 부족의 원수, 수호신수 학살자, 용암 펌프, 인간 재앙, 인구 수정 프로그래머, 금소룡(金訴龍) 하룽 퇴치, 용 부족의 원수, 인류 멸절의 가능성, 마왕 대행자, 행성 융해, 차원 vs 개인, 신이라 불린 사나이, 신흥 종교 발호, 용사의 스승, Extra Stage 6 권능 채굴 클리어]

시스템 창이 열리고, 텍스트가 미친 듯이 쏟아졌다.

무려 21개 업적.

놀라운 성적이건만, 태양의 표정은 무미건조했다.

오히려 한편으로는 심드렁하다고 보일 정도였다.

-몇 개임?
-21개.
-ㄲㅂ.
-와, 좀 만 더 했으면...
-근데 다섯 번째 때 너무 아쉽게 먹어서 어쩔 수 없었던 듯.
-그래도 24개는 할 만하지 않았나 싶네.

심지어 시청자들도 아쉬워하고 있었다.
한 스테이지에서 무려 21개의 업적을 얻어 놓고도 아쉬워하는 이유는 따로 있었다.
푸르카스의 다섯 차원을 클리어하며 태양이 얻은 업적은 무려 76개. 여섯 번째 차원에서 얻은 업적은 21개.
"100개를 못 채웠네."
-그러게, 아깝다.
말뿐인 아쉬움이다.
6개의 스테이지를 클리어하며 얻은 업적 무려 97개.
6개의 스테이지 안에 100개를 얻으면 따로 특전이 있는 것도 아닌 이상 기록에 불과한 아쉬움이다.
뒤이어 증강 현실이 또다시 나타났다.

[마왕 푸르카스와 단탈리안의 계약을 성공적으로 완수하셨습니다.]
[획득 업적: 차원 침략 용병(플레이어)]

직전과 비슷하면 소소한 수준.

클리어할 때 다른 마왕에게 받았어야 할 평가 업적 대신 나타나는 시스템 창이었다.

-이거도 약간 아쉽네.

-ㄹㅇ 마왕마다 색깔 다르게 칭찬해 주는 맛이 있었는데.

-ㅉㅉ 지구 침략한 마왕들한테 칭찬받았다고 좋아하는 꼴하고는.

-와, 듣고 보니 이야기가 그렇게 되네.

-단탈리안한테 극찬 들었다고 좋아하던 사람들 여기 널렸을 건데.

-그땐 상황을 몰랐잖아.

"또, 또 시작됐지."

태양이 귓등을 긁적이며 채팅 창을 내렸다.

정말, 한시라도 싸우지 않으면 불안한 사람들의 모임이다.

태양 일행은 클리어와 동시에 통합 쉼터로 소환됐다.

푸르카스를 위해 열심히 노동력을 제공했건만, 얼굴도 마주하지 않고 내보내 버린 것이다.

"쯧. 상도덕이 안 되어 있네."

태양이 투덜거리자 란이 어깨를 으쓱였다.

"뭐. 우리도 피차 그게 편하지 않아?"

"인정한다."

살로몬이 동의했다. 그도 그럴 것이 전력을 다해 엿 먹인 상대를 다시 마주하는 일은 솔직히 어지간한 담력이 아니고서야 사양하고 싶은 일이다.

하물며 그 대상이 마왕이다.

"이제야 좀 쉬겠군."

메시아가 피곤에 찌든 얼굴로 곧장 통합 쉼터 여관으로 들어갔다.

연달아 있었던 6연전의 차원 침략에서 가장 고된 경험을 한 사람이라면 단연 메시아였다. 파티원 넷 중 능력치가 가장 달리는 사람이 바로 그였기 때문이다.

물론 다른 일행이라고 피곤하지 않은 것은 아니었으므로 곧바로 넷은 곧바로 여관으로 향했다.

쉼터에 상주하던 플레이어들이 여관으로 들어가는 태양 일행을 보며 수군거렸다.

"저거 윤태양이지?"

"란, 살로몬. 그리고 메시아까지. 윤태양 일행 맞아."

"본 사람이 없다고 해서 사망설까지 돌았었는데……."

"윤태양도 36층을 클리어했다!"

"삼신성이 동시에 36층에 지원하는 건가?"

"시기를 보면…… 그렇게 되겠는데?"

자타 공인 인간족 플레이어 역대 최강의 성장 페이스를 달리고 있는 태양.

뒤늦게 미궁을 오르는 천문의 1세대 플레이어 운룡.

S등급 클랜, 아그리파 기사단에 입단한 이후 최초로 무공과 마법을 배운 수인이 된 파카.

태양은 몰랐지만, 통합 쉼터의 플레이어들 사이에서 그는 삼신성(三新星)이라고 불리고 있었다.

한 플레이어가 걱정 어린 목소리로 중얼거렸다.

"자기들끼리 싸우는 거 아니야?"

"그건 걱정 안 해도 될걸? 위층으로 가면 놀랍도록 친해지잖아."

"하긴. 강철 늑대에서 그렇게 죽이고 싶어서 날뛰던 카인도 진입하고 나서 탄탄대로를 달렸지."

"솔직히 운룡이랑 윤태양은 아닐 것 같은데 파카는……."

"아그리파에서 어지간히 관리를 잘하지 않겠어?"

강철 늑대 용병단 소속의 플레이어 하나가 중얼거렸다.

"조만간 통합 쉼터에 새 자리가 생기겠네."

"새 자리요?"

"영지가 늘어난다고. 아, 너는 36층 위로 안 가 봤지?"

37층.

메이그마란드, 정열의 땅.

A-6 요새.

염석(炎石).

섭씨 300도를 웃도는 수준의 열기를 내뱉어 내는, 메이그마란드에만 존재하는 특별한 암석이다.

그리고 A-6 요새는 정열의 땅에서 나는 특산 광물, 염석으로 지어진 요새다. 지반 바깥에 온전히 노출된 염석의 열기가 얼마나 뜨거운지, 일반적인 생명체는 가까이 가기만 해도 호흡이 곤란할 정도였다.

콰득.

솥뚜껑만 한 손이 아지랑이를 일으킬 정도로 달궈진 염석을 붙잡았다.

콰드드득.

염석은 녹색 피부를 짓이겼지만, 손의 주인은 그 정도 고통은 아무것도 아니라는 듯 더 위에 튀어나온 염석을 다시 한번 붙잡았다.

용암에 대고 하는 암벽 등반.

약 백여 번의 반복 행동 끝에, 3M에 달하는 거구가 요새의 꼭대기에 오른다.

양손은 원래 형태를 알아보기 힘들 정도로 짓이겼고, 염석에서 발생한 열기 탓에 모든 장비가 땀에 흠뻑 젖었건만, 입술 사이로 삐져나온 뻐드렁니와 두 눈동자에 담긴 정열은 놀랍도록 강렬하게 제 존재감을 과시했다.

명예에 기꺼이 목숨을 바치는 오크 전사, 요람의 창지기가 포효를 내질렀다.

"크아아아아아아아아!"

동시에 휘두른 창이 요새의 정문을 감아올린 쇠사슬을 베어냈다.

터엉.

천문학적인 깊이의 해자가 단숨에 그 의미를 잃었다.

요새 앞에서 대기하고 있던 기백의 오크 전사들이 역동적인 근육을 꿈틀거리며 포효했다.

"크아아아아아아!"

"크아아아아아아!"

"요람의 번영을 위하여!"

차원 미궁을 오르며 하나하나가 초인의 반열에 든 '요람 부족'의 오크 전사들이 대포처럼 쏘아졌다.

요새 중심에서 그 광경을 지켜보던 엘프 수비대장의 동공이 붉게 물들었다.

"중급 화염 정령 이프리트의 제어권 상실. 38층에서 전투 중입니다. 정령의 추가 지원이 필요합니다."

"답신. A-6 요새의 지원은 불가능합니다."

"요새 점유권을 포기합니까?"

"답신. 포기합니다. 점유 시점을 최대한 늦추는 방향으로 움직이십시오."

"확인."

자문자답.

이윽고 엘프의 눈동자에서 색깔이 빠지고, 엘프 병사들이 뒤늦게 움직이기 시작했다.

"정령의 지원은 없습니다. 승리를 포기합니다. 우리의 목표는 점유 시점을 최대한 늦추는 것입니다."

나뭇가지처럼 탄력적이지만, 오크에 비하면 가녀리기 그지없는 엘프족 전사들.

그들은 말 그대로 '고기 방패'가 되어야 한다는 수비대장의 말에도 일말의 표정 변화가 없었다.

"확인."

"확인했습니다."

그저 기계적으로 수긍하고, 전장으로 뛰어나갈 뿐.

"크아아아아아아!"

백여 기의 오크 전사 부대가 가히 천에 달하는 엘프 군집을 향해 달려들었다.

백만 번 내리치는 번개 줄기.

사무치게 울부짖는 두억시니의 고함 덩어리.

신컨의
원코인
클리어

오크 진영에서 대군(對軍) 단위의 주술이 튀어나왔다.

꽈지지지지지지직!

무표정한 엘프 병사들이 망설임 없이 번개 줄기에 몸을 던졌다.

뒤이어 터져 나오는 괴수의 고함에 절반에 가까운 엘프 전사들이 균형을 잃고 비틀거렸다.

고통과 상관없는, 균형 감각의 상실에서 비롯되는 전투력 상실.

분명 같은 37층 스테이지이건만, 수준 차이가 명백했다.

정령의 원조를 받지 못하는 엘프들의 기량은 말 그대로 형편없었다.

이를 파악한 요람 부족의 족장, 요람의 창지기가 포효를 내질렀다.

"정령이 없다! 우리의 판단은 옳았다!"

"승리! 승리! 승리! 승리!"

"승리! 승리! 승리! 승리!"

오크 전사들이 미친 듯이 승리를 부르짖으며 엘프들의 살점을 찢어 댔다.

[A-6번 요새의 주인이 바뀌었습니다.]

[오크, 요람의 창지기가 일주일간 요새의 점유권을 지켜 내는 데 성공하면 엘프 진영의 통합 쉼터 확장이 정지합니다.]

[최전선의 엘프 영역 비무장 지대 점유권 일부가 오크에게 넘어갑니다.]

[오크 진영이 7개의 요새를 점유했습니다. 이 시간부로 엘프 진영은 유물 - 나이트 홀스(Night Horse)의 사용 권한을 잃습니다.]

[오크, 요람의 창지기가 일주일간 요새의 점유권을 지켜 내는 데 성공하는 동시에 오크 진영의 점유 요새 개수가 6개 이하로 떨어지지 않으면 유물-나이트 홀스(Night Horse)의 이용 권한이 오크에게 넘어갑니다.]

[A-6번 요새의 보스 몬스터가 10분 후에 리젠됩니다.]

"정말로 들이닥쳤군요."

"……."

"기회가 온 걸까요?"

A-6 요새의 지하.

포로로 잡혀 있던 인간 플레이어 요단이 천장을 보며 중얼거렸다.

37층부터 42층.

6개의 차원이 1개의 세계관을 이루고 있는 '땅따먹기' 스테이지.

플레이어들이 할 일은 간단하다.

6개의 층(차원)에 걸쳐 구성된 13개의 요새를 최대한 많이 점령하는 것.

신전의
원코어
클리어

경쟁자는 다른 종족의 플레이어다.

당장 그들의 머리 위에서 싸우고 있는 두 종족.

오크와 엘프.

현재 스코어는 처참했다.

점령한 요새.

인간 1개.

엘프 6개.

오크 6개.

어쩔 수 없는 일이다.

인간 진영의 주요 전력들은 땅따먹기 스테이지에 전력을 비치하지 않았다.

땅따먹기 스테이지의 보상은 두 가지였다.

통합 쉼터를 넓히는 것.

그리고 최전선의 비무장지대 영역을 넓히는 것.

인간족 플레이어들은 시너지를 일으킬 수 있는 건축물을 모조리 만들었다.

S등급 클랜이 가지고 있는 임시 연습실이 인간족 클랜원이 지을 수 있는 최고의 하이테크 건물이었다.

S등급 클랜은 물론이고, A등급 클랜도 제 클랜 하우스 부지를 넉넉하게 잡아 놓은 인간족 플레이어들의 시점에서 고작 영지를 넓혀 주는 땅따먹기 스테이지에 투자할 이유가 없었다.

즉, 36층이 이렇게 인간에게 힘든 스테이지가 된 건 인간들의 클랜 시스템이 너무 잘되어 있는 바람에 생긴 문제였다.

오크는 부족 별로 클랜 하우스를 무조건 따로 지었다.

오크는 부족에 대한 소속감이 강하기 때문이다.

애초에 마왕이 그들을 차원 미궁에 유입할 때에도 부족째로 할 정도였다.

그들은 S등급 클랜(부족)이라고 해서 무서워하지 않고, 그들에게 영입되지도 않았다.

오직 자신의 부족만을 위해서 몸을 던졌다. 새로운 부족이 유입될 때마다 더 큰 부지를 필요로 하는 거다.

엘프는 어떠한가.

거대한 군집체인 그들은 모든 엘프의 안위를 동일하게 취급한다. 그리고 그들 모두를 위해서 더 쾌적한 환경을 조성하기 위해 노력했다.

차원 미궁에 엘프가 들어올수록 그들의 통합 쉼터도 넓어져야 한다는 게 그들의 통론이었다.

그렇기에 통합 쉼터 부지, 그리고 최전선 비무장지대 부지를 넓히는 일에 관심이 많았다.

결과적으로 땅따먹기 스테이지에 양강일최약 구도가 성립되어 버리고 말았다.

인간 플레이어, 공이가 중얼거렸다.

"넓은 부지에서 나오는 어드밴티지를 두 종족들만 누리고 있었다."

포로 생활을 하며 우연히 얻어들은 정보.

혹시나 정보가 새어 나갔음을 인지했다면 가차 없이 죽였을 것이기 때문에 운이 좋았다.

하지만 문제는, 기껏 알아낸 정보를 전달할 수가 없다는 것.

"꼭 알려야 합니다. 우리 인간족도 차원 미궁의 어드밴티지를 더 이용해야 해요."

"그거보다, 우리가 살아나가는 게 먼저 아닐까요?"

풀 플레이트 메일을 입은 여성의 질문에 포로 수감소에 있는 모든 플레이어가 동시에 고개를 끄덕였다.

여성 플레이어.

왼손에는 커다란 방패, 오른손에는 그보다 더 커다란 메이스를 들었다.

전형적인 전열을 맡은 플레이어의 형상이다.

피지컬적으로 대단하지 않은 인간들 사이에서는 보기 드문 성장 형태의 플레이어이기도 했다.

콰아앙.

수감실 천장에서 파괴음이 들려왔다.

오크가 요새를 점거하고 나서 가장 처음으로 하는 일은 이전 종족의 잔재를 지우고 자신들의 것으로 채우는 것.

"놓치면 안 됩니다. 아시죠? 이 빌어먹을 수감 생활에서 빠져나갈 처음이자 마지막 기회예요."

그녀의 말에 나머지 플레이어들의 얼굴이 결연해졌다.

"반드시 살아 나가서, 이 정보를 알려야 합니다. 그래야 클리어 가능성이 있어요."

"그건 모르겠고, 그냥 살고 싶다. 젠장. 제발."

"왜 로그아웃이 안 되는 건지. 씨X. 그거라도 알고 싶어."

"별님, 별님만 믿을게요."

플레이어, 공이의 말에 여성 플레이어가 대답했다.

"무슨 저를 믿어요. 믿지 마세요. 님 주먹을 믿으세요."

별림이 메이스를 쥐었다.

얼마나 강하게 쥐었는지, 손잡이에서 강철이 울부짖는 소리가 새어 나왔다.

쿠우우웅.

폭발음이 더 가까워졌다.

이윽고 발걸음이 들려오기 시작했다.

사뿐사뿐한 엘프들의 발걸음이 아닌, 육중한 소리.

숨죽인 채 타이밍을 재던 별림이 최적의 순간 눈을 번뜩였다.

"지금!"

별림의 메이스가 천장을 강타했다.

—이미 여러 번 이야기했지만, 36층 이후의 스테이지는 이전과

명확하게 달라져.

36층 이전과 이후는 간단하게 구분하자면, 개인전과 팀전이다.

플레이어 개인이 스테이지의 목표를 달성하면 해당 개인만 스테이지를 클리어하는 개인전은 이제 없다.

36층 이후의 스테이지 목표는 인간이라는 종족이 한 팀을 이뤄야만 해결할 수 있는 거대한 '프로젝트'다.

차원을 위협하는 초거대 괴수를 사냥하기.

혹은 한 차원의 인류를 종말에 빠뜨리기.

인류를 제외한 모든 종족을 제거하기.

이미 쇠락해 버린 제국 규모의 고대 차원 유적을 도굴하기 등.

마왕들은 이전에도 악랄한 수준의 목표를 내밀어 댔지만, 36층 이후부터 내미는 압도적인 스케일의 목표는 이전과 비교를 불허할 정도였다.

엘프, 오크, 인간은 그들의 힘을 모아도 클리어하기 버거운 목표를 심지어 서로 견제까지 해 가며 클리어해야 했다.

현혜에게 설명을 듣던 태양이 기지개를 켰다.

"어렵네. 구도가 엄청 더러워지겠는데."

태양은 단탈리안에 접속하기 전에 현혜에게 특강을 들었었다. 거의 대학 강의급의 퀄리티를 자랑하는 수업이었지만, 당연히 현혜가 알고 있는 모든 것을 담지는 못했다.

특히 36층 이후는 당시 현혜에게 너무 먼 이야기처럼 느껴져서 이야기를 줄여서 한 경향이 없지 않아 있었다.

당장 알아야 할 게 수백 가지였기에 우선순위가 밀렸던 건 어쩔 수 없는 선택이었기는 하지만.

─아무튼 또 달라진 점이 있어. 전에 말해 줬었는데, 기억나?

"어, 한번 클리어하고 나면 그 이후로 밑의 스테이지는 세력전의 전장이 된다는 거. 지금처럼."

─다행이다. 그래도 어느 정도는 기억하고 있구나.

현혜가 설명을 이었다.

─사실상 이게 가장 커. 세력전이 벌어지면서 층 단위가 무의미해지거든.

층 단위가 무의미해진다.

말 그대로의 의미였다.

기존에는 20층으로 올라간 플레이어는 19층으로 다시 내려가지 못했다.

그리고 37층부터는 바로 그 시스템이 허물어졌다.

플레이어는 해당 층을 클리어하면 언제든지 다시 내려올 수 있게 되었다.

그 시작점인 37층의 파워 밸런스는 갓 37층에 올라온 플레이어가 견디기에는 괴랄할 정도였다.

─근데 아마 너는 상관없을 거야. 너도 이미 층 단위 파워 밸런스를 몸소 깨부수고 있으니까.

신전의
원코인
클리어

태양은 무심하게 고개를 끄덕였다.

딱히 뿌듯할 이유도 없었다.

애초에 이렇게 성장하기 위해 그동안 뼈를 깎고 이를 악물어 왔던 거니까.

"근데 설명대로라면 업적은 어떻게 되는 거야? 스테이지 클리어 조건은?"

―업적은 다를 것 없어. 업적 조건을 채우면 그대로 획득. 유저들이 알고 있는 조건은 대부분 나도 알고 있을 거고. 솔직히 탐나는 건 다른 고등급 클랜들이 알고 있는 업적 획득 조건인데…….

"흐음."

이건 약간 아쉬운 부분이다.

다른 S등급 클랜과 다르게 유리 막시모프 클랜은 1인 클랜이었던지라 이런 어드밴티지는 상대적으로 부족했다.

"쩝. 어쩔 수 없지. 대신 자유롭게 움직일 수 있었던 거니까. 클리어는?"

―세 달 단위로 스테이지의 최종 보스가 리젠 돼. 그때 사냥에 참여하면 돼.

"물감 아귀라고 했었지?"

―오. 좋아, 좋아. 기억하고 있네.

개인이 상대하기에는 가혹할 정도로 강력했던 42층 스테이지의 보스, 물감 아귀.

당시엔 강력한 플레이어 수십을 잡아먹은 괴수 중의 괴수였지만, 지금은 공략법이 수십 개나 되는 업적 셔틀에 불과했다.

괴물을 처음 보는 것도 아니고, 이미 클리어한 위층에서 플레이어가 몇 번이고 사냥에 가담하니 실패할 이유가 없었다.

—그래서 보스 클리어는 여기 메인 콘텐츠가 아니야. 이미 클리어된 '고층'의 메인 콘텐츠는 말했듯이 세력전이야.

"세력전. 다른 종족 놈들과 싸우는 거지."

—어. 솔직히 인간 세력은 땅따먹기 스테이지에 거의 힘을 주고 있지 않은 상황이라 빡셀 거야.

"왜 우리 쪽은 힘을 안 주는데?"

—보상이 '땅'이거든.

땅.

척 보기에도 전투에 도움이 되지 않는다.

세 S등급 클랜장은 땅따먹기 스테이지에 전력을 투자하지 않기로 합의했고, A등급과 B등급의 플레이어들도 이를 따랐다.

물론 새로 올라오는 플레이어들을 위해 요새 1개만 간신히 지키는 정도의 투자는 했다.

"아니 그럼, 전투에 도움이 안 되는데 왜 저쪽에서는 이렇게 기를 쓰고 먹으려고 해?"

—글쎄. 솔직히 궁금해서 더 파 보려는 시도는 있었는데, 인간 플레이어들 사이에서 유저들 영향력이 크지 않아서.

현혜의 말에 태양이 입맛을 다셨다.

"하긴, 그렇긴 하지. 그나저나 이유 없는 노력은 없을 텐데."

─뭔가 있기는 할 것 같은데 어쩌겠어. 솔직히 말하자면 인간은 엘프나 오크에 비해 부족해. 다른 데에서 비기기 위해 비교적 덜 중요한 곳을 버린다는 마인드인 거지.

"어휴."

태양이 고개를 흔들었다.

─그래서 다른 유저나 플레이어들도 땅따먹기 스테이지는 최대한 조용히 넘어가는 편이야. 보스 사냥할 때 몸 관리만 잘하면 클리어할 수 있으니까. 물론 그게 쉽지는 않지만.

즉, 힘들다.

물론 태양은 세력전을 포기할 생각이 없었다.

요새를 점령하는 일은 최소 4개, 기여도에 따라 추가로 10개가 넘는 업적을 얻을 수 있다고 알려져 있었다.

그리고 업적 이전에, 더 중요한 이유도 있었다.

태양이 37층, 땅따먹기 스테이지의 세력전을 대충 넘길 수 없는 가장 중요한 이유.

스테이지 어딘가에 있을 별림이의 흔적 때문이다.

태양이 눈을 번뜩였다.

"반드시 찾는다. 이건 절대로 포기할 수 없어."

현혜와 태양은 별림이의 행방 가능성을 분류했다.

가설 1.

별림은 지금 차원 표류. 혹은 괴수(42층의 최종 보스가 아닌 37~41층급의 보스 몹) 사냥 도중 큰 상처를 입어 귀환하지 못하고 요양

중이다.

가설 2.

오크, 엘프들 경계 지역에 겹쳐서 빠져나오지 못하고 갇혀 있다.

가설 3.

오크, 엘프들의 포로수용소에 수감되어 다른 플레이어들의 구출을 기다리고 있다.

임시로 세운 가설이다.

확실한 건 몸을 굴려가면서 찾아봐야 했다.

***

[13 땅따먹기: 요새를 점유하고 물감 아귀를 처치하라.]

증강 현실의 텍스트, 13 뒤에 하이픈이 없었다.

37층부터 42층까지.

그가 들어온 이 스테이지가 6개 분량의 스테이지라는 뜻이다.

─직전에 스테이지 6개 깨면서 업적 96개나 먹지 않음?

─ㄹㅇㅋㅋ 좌르륵 내려오는 거 쾌감 쩔겠네.

─화면 다 가릴 듯 ㄷㄷ.

-보고 싶긴 하다.

-근데 다른 플레이어들 전적 보면 막 그렇게 화려하진 않던데.

-어허. 윤태양이 걔네랑 같아?

-하긴. 윤태양은 어나더 레벨이긴 해~.

인간 진영 플레이어인 태양은 C-1 요새, 란서랑드로 입장했다.

인간 진영 플레이어가 점유하고 있는 요새는 단 하나이기에 선택권이 없었다.

그리고 선택권이 없다는 건, 37층을 클리어해야 하는 인간 진영 플레이어 모두가 이 요새에 모여 있다는 이야기이기도 했다.

"파카. 오랜만이네."

"오랜만이라. 나는 전혀 반갑지 않은데 말이지."

"짜식, 정 없게. 그래도 우리 나름 추억이 있는데, 너무한 거 아니야?"

파카가 능청스러운 태양을 보며 낮은 목소리로 으르렁댔다.

-ㅋㅋ 다음에 만날 땐... 적이다. 뭐 이러지 않았나?

-마지막에 언제 봤지.

-영혼 수련장에서 쥐어 팼잖음.

-ㄹㅇㅋㅋ.

─아, 빡스런 했었지 저 친구 ㅋㅋ.

─많이 강해지긴 했다는 듯.

─어케 암? 접속해 봄?

─들리는 소문에 따르면...

─아는 척 좀 제발.

태양이 파카를 보며 웃었다.

"요즘 여기저기서 소문이 많이 들리던데? 어쩌면 나랑 비빈
다고?"

"시험해 볼 텐가?"

"시험? 필요해? 영혼 수련장에서 있었던 일을 잊은 건 아니
지?"

우드득.

가볍게 휘돌리는 파카의 어깨에서 흉악한 뼈 소리가 들려왔
다.

태양도 마주 목을 꺾었다.

"못 본 사이에 많이 컸나 보네, 파카."

"네 친구에게나 할 엿 같은 말투는 집어치워라."

태양과 파카를 중심으로 순식간에 공기가 차가워졌다.

"흐음."

그때 서열 정리를 확실히 했다고 생각했는데.

뭐, 생각이 바뀔 만하다.

파카는 본인의 고집을 꺾고, 인간들의 집단에 섞였다.

그리고 인간들의 기술에 손을 뻗었다.

수인족의 자부심을 억누르고 벌인 짓.

태양이 낸 스크래치가 파카를 오히려 성장시켰다.

인간의 기술은 열등한 육체 능력을 보완하기 위해 개발된 것
이다.

태생부터 우월한 수인족의 육체 능력에 더해진 인간의 기술.

더 볼 것도 없다.

말도 안 되게 강해졌겠지.

그리고 그렇게 강해졌으니만큼 자존감도 자연스럽게 회복이
되었겠지.

간단한 수순이다.

'하지만, 상관없지.'

드세진 의지라 한들 다시 꺾으면 그만이다.

오히려 이렇게 강해진 파카를 다시 한번 꺾으면 이전보다 더
욱 더 충격적이리라.

"붙어 볼래?"

"크르릉."

후두둑.

삽시간에 뻗어 나오는 두 플레이어의 기파가 요새의 바닥을
긁어 댔다.

"뭐야."

"무슨 일이야?"

"시비가 붙었나 본데?"

"누구야. 기세가 심상치 않은데…… 선배님들이야? 설마?"

"아니. 삼신성(三新星). 요즘 그 유명한 애들 있잖아."

"아, 아직 물정을 모를 때 구나. 대단하다더니, 마나압이 장난 아닌데?"

C-1 요새, 란서랑드의 입장 게이트는 사람이 많지는 않았지만 그렇다고 적지도 않았다.

보는 눈이 여기저기 산적해 있다는 뜻이다.

어느새 태양과 파카를 중심으로 형성된 인파의 원이 간이 경기장이 되었다.

콰득.

누가 먼저 할 것도 없이 동시에 발을 내디뎠다.

그리고 푸른 번개가 둘 사이에 끼어들었다.

콰릉.

천뢰굉보(天牢轟步).

정의행(正義行) 5식 - 오행(五行).

콰지지직.

태양과 파카 사이에 끼어든 낭창한 검.

무시할 수 없는 예기(銳氣)에 둘은 어쩔 수 없이 몸을 틀었다.

후웅.

태양이 중얼거렸다.

"운룡?"

"오랜만이군."

태양은 행동을 멈췄지만, 파카는 멈추지 않았다.

그대로 몸을 뒤튼 파카가 오른팔을 치켜들었다.

운룡이 그 거대한 기세 앞에서도 태연한 안색으로 중얼거렸다.

"귀찮은 일 만들지 말지. 앞으로 자주 볼 사이인데."

"내가, 너를?"

파카가 으득— 이를 갈았다.

태양이고 운룡이고, 꼴 보기 싫은 인간 녀석들이 그에게 자꾸 말을 걸어대는 이 상황 자체가 마음에 들지 않았다.

아그리파 투술(Agrifa闘術) 카인식(Kain式) 변형 제일식(一式) – 양단 (兩斷).

맹수의 흉악한 근육이 사정없이 비틀린다.

인간과는 비교도 되지 않을 정도로 탄력적인 수인족의 회로가 마나를 총알처럼 쏘아 내고, 강맹한 파카의 앞발이 공간을 통째로 찍어 눌렀다.

꾸웅.

몸을 피한 태양과 운룡 대신 애꿎은 요새 바닥이 파멸적으로 박살 났다.

"와, 이번 기수가 강하다 강하다 하더니……."

"정말로 어지간한 선배님 급인데?"

"수인족이 저 지랄로 강하다니. 염병. 벌써 뒤통수가 가렵군."

태양이 운룡에게 속삭였다.

"막으려고 온 거 아니었어?"

"이런. 끼어들면 알아서 멈출 줄 알았는데, 저 친구. 성정이 생각보다 불같군, 그래?"

딱히 파카만 그런 것이 아니다.

수인족은 대부분 그렇다.

동료로 삼아도 아무렇지 않게 뒤통수에 이빨을 박아 넣는 족속이 바로 그들이다.

다만, 운룡이 차원 미궁을 오르던 시절에는 수인족이 지금보다도 더 희소하여 운룡이 몰랐을 뿐이다.

클랜전에서 만나는 수인족이야 성격을 판단하기 어려운 건 당연히 말할 것도 없고.

태양이 씨익 웃었다.

"있어 봐. 내가 서열 정리 딱 하고 올 테니까."

하지만 태양의 바람을 이루어지지 않았다.

"파카, 약속을 지키지 않을 셈입니까."

어디선가 들려온 여성의 목소리가 파카를 정지시켰기 때문이다.

순백의 검.

허리까지 내려오는 흑발.

태양이 여자의 정체를 유추할 필요는 없었다.

신컨의
원코인
클리어

주변에서 구경하던 플레이어들이 놀라서 떠들어 댔기 때문이다.

"라빈? 아그리파 기사단 1번대 대장 라빈이야?"

"아그리파 간부가 직접 내려왔다고?"

"이봐! 이번 스테이지 초등(初登)인 클랜원 전부 데려와!"

주변의 플레이어들이 놀란 것처럼, 태양도 놀랐다.

다만 태양이 놀란 포인트는 그들과 달랐다.

"……수인을 컨트롤한다고?"

-세상에. 라빈이라니.

"알아?"

-알다마다. 모를 수가 없지.

아그리파의 카인, 천문의 허공, 강철 늑대의 실버.

유명한 플레이어는 알기 싫어도 알게 되기 마련이다.

그런 플레이어를 모른다는 말은 멍청하거나, 탑을 36층가량이나 오르면서 따로 연줄을 만들지 못했다는 뜻.

이건 다른 말로 무능하다는 이야기다.

당연하게도 플레이어들은 무능한 플레이어와 가까워지고 싶어 하지 않았다.

그래서 유저들은 네임드 NPC의 이름을 외워야 했다.

그리고 라빈은 유저들이 이름을 달달 외워야 했던 존재였다.

현혜의 설명을 들은 태양이 눈썹을 꿈틀거렸다.

"강할까?"

-당연한 소리를. 왜. 싸우면 이길 수 있을 것 같아?

"모르지 그건."

-야.

"그래도 붙어 보고 싶긴 한데."

라빈.

명백히 최상위권의 스펙을 자랑하는 플레이어다.

인간 진영 플레이어 사이에서는 말할 것도 없고, 적대 진영인 오크와 엘프 진영에도 이름이 알려졌을 정도로 유명한 플레이어이기도 하다.

그리고 그걸 다른 말로 하자면, 태양의 최종 경쟁 상대라는 이야기다.

"긴지 짧은지는 대 봐야 하는 거잖아."

당장 태양이 더 약하더라도, 어느 정도 강한지 알아놓는 건 의미가 있다.

일차적인 목표가 될 수 있으니까.

-의도는 좋은데…… 괜찮겠어?

"어차피 잃을 것도 없지 않아?"

아그리파는 3개의 S등급 클랜 중에서도 공략에 제일 비중을 두는 클랜이다.

아그리파 기사단의 간부인 라빈이 차원 미궁에 들어선 이래 최고로 압도적인 페이스를 보여 주고 있는 태양을 '죽일' 가능성은 없었다.

태양이 현혜와 잠깐 이야기를 나누는 사이, 라빈은 빠르게 상황을 정리하는 듯했다.

딱히 라빈이 무슨 행동을 한 건 아니었다.

그저 존재만으로 사람들이 알아서 행동했다.

'한판 붙어 보고 싶긴 한데.'

면전에 대놓고 욕하는 건 아무리 생각해도 아니다.

딱히 이미지를 신경 쓰는 건 아니지만, 라빈 정도의 인물이 그를 적대하게 만드는 건 딱히 좋은 선택지가 아니다.

하지만 '귀찮은 녀석'. 혹은 '미친놈' 정도의 이미지라면?

나쁘지 않다.

생각을 마친 태양이 라빈의 손짓에 적의를 감춘 파카를 향해 이죽거렸다.

"파카 많이 죽었네."

"플레이어 윤태양. 당신도 거기까지 하십시오."

"이거 완전히 꼬리 1만 개꼴 아니야? 아그리파 클랜장이 누구였지? 카인? 그래. 카인의 무릎 사이로 기어서 받아먹은 콩고물이 꽤 괜찮았나 봐?"

대놓고 이죽거리는 수준 낮은 도발.

파카가 보기에도 도발로 보일 게 분명했다.

'하지만 그래도 덤빌 거지?'

현혜가 여러 번이나 강조했던 이야기.

수인은 태생부터 인간에게 복수심을 가진 존재다.

모든 인간에게 적대적이고, 틈만 나면 배신하려 하며, 가벼운 말장난도 모욕으로 받아들일 정도로 민감하다.

정확한 사정은 모르지만, 이런 행동 경향의 근원 그들의 고향 차원인 에덴에서부터 이어 오는 감정.

이 반응은 네 글자로 설명할 수 있다.

피해 의식.

여러 세대 동안 반복적으로 쌓여 온 차별과 멸시, 부당한 대우만이 이런 반응을 이끌어 낸다.

21세기 현대사회에서도 피해 의식에 찌든 사람은 과격하기 짝이 없는 반응을 보인다.

하물며 주먹으로 머리를 으깨고 칼로 사람을 두 동강 내는 일이 일상적인 전쟁터에서 살아온 에덴 출신의 수인은 어떤 반응을 보일 것인가.

"크아아앙!"

간단하다.

모욕한 대상을 죽이고 싶어 하겠지.

피해 의식이 만연하고, 원하는 일을 실행할 힘이 있다면 그러는 법이다.

제3자의 입장에서 볼 때 예상되는 결과는 파국뿐이다.

태양과 파카의 수준은 엇비슷하고, 그 말은 손대중을 할 수 없다는 뜻이기도 하니까.

그리고 그건 라빈이 원하는 바가 아니겠지.

결국 그녀는 대신 나설 수밖에 없게 된다.

월광(月光) - 산산조각.

'그렇지.'

해가 중천에 떠 있는 낮의 하늘에서 달빛이 칼날이 되어 태양을 향해 떨어졌다.

다만, 태양의 만족에는 차지 않았다.

공격에 살기가 없다.

애초에 다치게 하려는 의도조차 없다.

명백히 태양의 움직임을 제지하려는 수.

아니, 움직이지 말라고 경고하는 수다.

"이건 뭐. 애들 장난도 아니고."

[머신 PUNMFV-3000 활성화.]

[마나를 소모하여 근력, 맷집, 민첩 중 하나의 시너지를 선택해 시너지의 등급을 한 단계 높입니다.]

[맷집의 시너지가 '6'으로 조정됩니다.]

스톰브링어는 너무 밑천을 다 까발리는 느낌이다.

태양은 얻어맞을 걸 대비해서 PUNMFV를 활성화하는 정도로 준비를 맞췄다.

콰드득.

석면 바닥이 파이고, 빛줄기가 떨어지기 전에 태양의 몸이 파카에게로 뛰어 나갔다.

애초에 헐거운 의도를 가진 공격이라 피하기는 어렵지 않았다.

파카는 마주 덤비려 하지만, 어느새 뒤를 점한 라빈이 파카의 뒷목을 잡았다.

"크르르르릉!"

업적을 어지간히도 많이 쌓았는지, 2m는 가뿐히 넘길 백호랑이 인간의 커다란 몸뚱이가 가볍게 날아갔다.

태양이 미소 지었다.

그가 원한 구도가 딱 이 정도였다.

간단한 사고.

미친놈 둘이 혈기를 못 이겨 싸우려다가 저도 모르게 손을 섞게 되는 그런 상황.

딱 간만 볼 정도의 싸움판.

두근.

2개의 드래곤 하트가 강렬하게 펌핑했다.

초월 진각 - 염라각(閻羅脚).

콰드득.

디딤발이 강렬하게 뿌리박고, 그 반동이 거대한 마나와 함께 쳐올려졌다.

염라각.

맞는 순간 염라대왕(閻羅大王)을 만나게 한다 하여 붙은 이름이 염라각이다.

'뭐, 그래 봐야 킹 오브 피스트의 설정에 불과하지만.'

위력만큼은 이름에 걸맞은 초 고난이도의 하이킥이 라빈의 관자놀이를 노리고 뻗어 나갔다.

라빈은 검을 집어넣었다.

'대포 같아.'

기세와 위력 양면에서 모두 그렇게 보였다.

그녀는 가녀린 두 팔을 십자로 포개어 착탄 지점을 방어했다.

콰아아아앙!

라빈의 신형이 가드째로 날아갔다.

'담긴 마나량은 최전선의 플레이어에 비해 약간의 손색이 있을 정도. 마나량에 비해 충격량이 말도 안 되게 높아. 스킬의 힘인가? 다른 보조가 있었나?'

마나량부터 놀라운 수준이지만, 이해가 가능한 영역이다.

하지만 기술은 그렇지 않았다.

분명히 움직임을 놓치지 않았건만, 상식에 맞지 않는 파괴력.

불가해의 현상에 라빈은 간단히 답을 내놓았다.

'마치 단장님 같군.'

라빈은 알았다.

재능의 영역에서 완성된 기술은 보고도 이해할 수 없다는 사실을.

라빈이 생각을 거듭하는 사이, 태양은 튕겨 나간 라빈을 따라잡았다.

정의행(正義行) 1식 – 통천(通天).

주먹이 공간을 통째로 밀어낸다.

라빈이 허리에서 검을 뽑았다.

월광(月光) – 새벽, 반달.

스릉.

검집 사이로 일순간 번뜩이는 검광이 마치 새벽의 달빛처럼 시렸다.

태양의 통천이 넓은 공간을 통째로 밀어내고, 라빈의 월광은 제 검이 지나간 공간을 완벽하게 지배했다.

다르게 말하자면, 태양의 통천은 라빈에게 닿지 못했다.

월광(月光) – 산산조각.

다시금 예기(銳氣)를 머금은 수십 개의 빗줄기가 떨어져 내린다.

'짜증 나는 기술이네.'

직전에 피할 때는 형편없이 늘어져 있는 그물처럼 느껴졌건만, 시전자의 의도가 달라지니 그 감상 역시 달라졌다.

엄폐물 따위는 의미가 없었고, 움직일 수 있는 모든 공간에 동시에 격했다.

태양은 맞기로 결심했다.

밑천을 더 털어 낸다면 피할 수야 있겠지만, 그건 배꼽이 배보다 커지는 격이다.

라빈의 정보를 알아내기 위해 태양이 더 많은 정보를 노출하는 거니까.

물론 맞더라도 그냥 맞을 순 없었다.

라빈과 태양의 체급 차는 명백하다.

가볍게 휘두른 검격도 태양에겐 무겁다.

맷집 6시너지가 체력, 물리 방어력, 마법 방어력을 동시에 보정.

동시에 무식하기 둘러낸 마나에 반응해 신체가 용화(龍化)한다.

콰드득.

빛줄기가 비늘이 돋아난 태양의 상반신을 관통했다.

"저는 적당히 넘어가려 했습니다. 먼저 발을 뻗은 건 당신입니다."

"아, 죄송. 머리에 피가 몰리면 주체가 안 되어서."

태양이 사납게 웃자, 라빈의 고운 미간에 주름이 잡혔다.

"지금 더 하겠다는 겁니까?"

"아뇨……."

태양의 말은 더 이어지지 못했다.

태양과 라빈이 동시에 고개를 돌려 하늘을 쳐다봤다.

그들 뿐만 아니라 광장에 모여 있던 플레이어들 전부가.

커다란 에너지 덩어리가 C-1 요새로 떨어지고 있었다.

"유성?"

"아니, 안에 사람이 있습니다."

라빈이 중얼거렸다.

강렬한 마나 유동이 에너지 너머를 가리고 있었지만, 라빈의 스킬 카드 '직관'이 내부를 꿰뚫어 보았다.

"이동 마법이군요. 안에 들어 있는 건…… 인간."

투웅.

판단과 동시에 라빈이 뛰어올랐다.

동시에 성벽에서 수십 개의 스킬이 터져 나왔다.

마나 융해 장치 USHK.

후두둑.

라빈의 몸 주위로 커다란 파동이 터져 나왔다.

파동에 닿은 스킬들은 빛나는 가루가 허공에 흩날렸다.

−미친.

−이게 진짜 랭커…

−네임드 포스 봐라.

−유저들이 매기는 랭커랑은 급이 다르네.

이윽고 가루가 떨어져 내리고, 라빈의 품에는 로브를 입은 마법사가 안겨 있었다.

성공적으로 마법사를 지켜 낸 라빈은 성벽으로 내려갔다.

-태양아.

"응?"

-저거…… 방금 저 마법사…… 얼굴 확인 좀 해 줄래?

현혜의 목소리가 떨렸다.

"어?"

-아는 얼굴인 거 같아.

태양의 표정이 굳어졌다.

현혜.

스트리머 달님이 아는 플레이어.

유저다.

콰앙!

태양의 신형이 성벽을 향해 쏘아졌다.

카라카잠식(式) 투술 오의 - 붕천(崩天).

콰아아앙!

메이스가 A-6 요새의 남쪽 성문을 터뜨렸다.

동시에 세 가지 빛깔의 액체가 별림의 몸을 적셨다.

조화와 신비와 재생의 샘물.

"별님, 어때요?"

"좋아요. 재생 걸렸어요."

"휴우."

별림과 함께 갇혀 있던 포로 플레이어가 한숨을 내쉬었다.

별림은 37층에 막 입문한 플레이어였다.

물론 태양만큼 압도적인 플레이어는 아니었기에 스펙이 다른 이들보다 높지 않았다.

별림의 캐릭터 컨셉은 정확히 두 가지였다.

단단한 방패.

모든 에너지를 한 번에 쏟아붓는 대포.

전열에서 모든 공격을 묵묵히 막아 내다가 자신의 모든 것을 내건 한 방에 집중하는 형태.

간단히 정의하자면 팀 게임에서 가장 적합한 유형의 탱커다.

그런데 이제 한 방을 통해 게임에서 꼭 필요한 변수 창출 능력을 갖춘.

"잡아라! 놓쳐선 안된다!"

"요람을 위하여!"

반대편에서 오크들의 함성이 터져 나왔다.

별림이 급하게 소리쳤다.

"먼저들 가세요!"

원주민.

별림의 기준에서 NPC인 플레이어들에게 한 이야기였다.

언제나 NPC 먼저.

다른 플레이어와 친화적인 노선을 타기에 가장 적합한 플레이 방법이었다.

유저인 그들은 죽어도 현실에서 살아나지만, NPC들에게는 게임이 현실.

먼저 나서서 목숨을 걸어 주는 플레이어는 당연히 NPC들에게 호감을 살 수밖에 없다.

그 의도는 굉장히 잘 통해서 NPC 하나가 감동 어린 눈동자로 별림을 바라봤다.

"별님!"

"먼저 가라고! 머뭇거리지 말고!"

별림이 그 모습을 보며 입술을 짓씹었다.

'갈 길이 구만리인데 저러고 있으면 어쩌자는 거야.'

상념은 잠깐이다.

콰앙!

별림이 성문에 방패를 박아 넣었다.

유저, 공이와 사전에 약속한 NPC 플레이어 넷이 별림을 중심으로 방진을 그렸다.

"최대한 막고 갑니다. 무리할 필요 없어요. 사전에 얘기했던 대로 시간만 끄는 거예요."

"표식 전이 마법 시작합니다."

표식 전이 마법.

말 그대로 표식이 있는 곳으로 하는 공간 이동 마법이다.

별림 일행이 성문을 막아 시간을 버는 동안 먼저 도망간 무리가 표식을 들고 최대한 멀리 이동한 다음 그들을 다시 데려간다는 전략이었다.

물론 그렇게 시간을 벌어 봐야 압도적인 스펙의 오크 추격대에 붙잡히겠지만, 그 정도 시간이라면 먼저 탈출한 유저, 요단이 C-1의 선배 플레이어에게 구출을 요청하기에는 충분한 시간이 된다.

'설득에 실패하면 도로아미타불이지만……'

이게 별림이 생각한 최선의 선택지였다.

탐색 스킬을 사용하고 있던 유저, 공이가 빠른 어조로 브리핑했다.

"주술 기미가 있는 오크 하나. 전사 넷. 어, 기량은 파악이 안 되네. 최소한 동수. 혹은 나보다 위."

"다섯?"

"네. 당장은."

곧 더 오겠지만, 당장은 다섯이 끝.

별림이 마른 입술을 훑었다.

예상보다는 훨씬 나은 숫자다.

전이 마법을 캐스팅 중인 마법사 하나를 제외하면 남은 플레이어와 정확하게 대응하니까.

"한 사람 당 한 명씩 맡으면 되겠네요. 쉽죠?"

별림이 짐짓 유쾌하게 말했지만, 돌아오는 대답은 없었다.

불리하다는 사실을 알고 있었기 때문이다.

플레이어인 별림과 공이는 막 37층에 올라온 플레이어다.

그녀와 함께 서 있는 NPC들도 태반이 그랬다.

선배 NPC들은 위협적이었기에 포로가 되지 못하고 전장에서 목숨을 잃었기 때문이다.

반면 전사들은 척 보기에도 숙련됐다.

거기에 종족의 차이도 있다.

같은 층의 플레이어라면 유저보다 NPC가 강한 경향이 있는 것처럼, 같은 스펙이라면 오크가 인간보다 강한 경향이 있었다.

엘프는 계산이 약간 복잡해지는데, 물론 별림이 당장 신경 쓸 겨를은 없었다.

"인간! 포로다!"

"인간과는 협상할 가치도 없지!"

"강철을 겨누고 있는 이종족은 모두 적! 살려 둘 필요 없다!"

"죽음! 죽음! 죽음!"

성량이 어찌나 크던지 고작 다섯 오크의 함성이 플레이어들의 피부를 저릿하게 짓눌렀다.

"더럽게 시끄럽네, 진짜."

시니컬하게 중얼거린 공이가 팔을 뻗어 최전방에서 뛰어오는 오크를 향해 겨눴다.

총신 냉각기.

망치 강화.

강선 압축기 활성화.

리볼버가 연달아 다섯 번 불을 뿜었다.

타타타타타앙!

매캐한 화약 냄새와 함께 초록색 살점이 튀어 올랐다.

"크아아악!"

괴성을 지르는 오크 둘.

간신히 저지하는 수준이다

공이가 몸을 뒤로 내뺐다.

"저 리로드 타임 좀."

"필립은요?"

"거의 다 되어 갑니다!"

우웅.

별림이 바닥에 내리찍은 방패에 마나를 부었다.

쓰러뜨리는 건 기대도 하지 않았고, 맞은 채로 달려드는 것
도 예상 안쪽이었다.

오크들은 강인하고, 피를 볼수록 더 흥분하는 족속이다.

"요람은 피에 젖어도 물러서지 않는다!"

"승리! 승리! 승리!"

요술 : 거대화.

바닥에 꽂은 방패가 급격하게 커졌다.

부서진 성문의 절반 정도 되는 크기.

뛰어넘자면 넘을 수 있겠지만, 성문을 박살 낸 별림의 메이

스를 본 오크들은 제 몸을 허공에 내던지는 행위를 망설였다.

그 시간은 찰나에 가까웠지만, 그것으로 충분했다.

별림이 벌어 낸 그 짧은 시간은 플레이어 필립의 마법을 완성시키는 데 기여했다.

아크로 학파 필립 개정식 염(炎)기둥.

꾸르르르르륵.

필립의 발밑에서 솟아오른 용암 줄기가 곡사포를 그리며 오크들을 덮쳤다.

본래 필립의 마법은 이 정도로 위력적이지 않았으나, 정열의 땅 메이그마란도에 담긴 불의 정화가 그의 마법에 더욱 강한 열기를 불어 넣었다.

야성과 본능으로 무장한 오크 전사들은 염기둥의 위력을 한눈에 알아보고는 뒤로 물러섰다.

하지만 오크들이 물러선 건 딱 거기까지였다.

용암 줄기가 힘없이 쳐지고, 별림은 메이스를 휘두르지 않았다.

안전을 확신한 오크들은 망설임 없이 방패 위로 몸을 던졌다.

"크워어어어어어!"

마나가 듬뿍 담긴 워 크라이가 지축을 흔들어 댔다.

소리가 얼마나 컸던지, 최전방에 서 있던 별림이 저도 모르게 비틀거렸을 정도였다.

어느새 재장전을 마친 공이의 리볼버가 불을 뿜었지만, 역시나 오크를 저지하는 데에는 역부족이었다.

거대화를 해제한 별림이 땅에서 방패를 뽑았다.

하늘 접어 달리기.

"크아아아아!"

스킬은 하늘을 접어 달린다는데, 현상은 마치 땅을 접어 달린 듯하다.

지척에 접근한 오크 전사가 도끼를 휘둘러 왔다.

방패를 치켜든 별림이 '흐읍' 하고 숨을 참았다.

안정적인 넓이로 벌린 다리는 충격을 흡수하기에 더없이 적합하고, 방패에 적당히 기댄 어깨가 전사로서의 관록을 보여 주었다.

21세기 현대 사회에 살아가는 사람이라면 지적할 수 없는 깔끔한 자세.

하지만 안타깝게도, 도끼를 휘두르는 오크 전사는 생전에 한 끼 식사보다 죽인 생명체의 개수가 더 많은 야만의 총체다.

콰아아아아앙!

대단할 것을 예상했지만, 그 예상을 초월한 수준의 완력.

순간 별림의 정신이 끊어졌다.

약 1초.

잠깐의 시간이지만, 간신히 눈을 떴을 때 별림은 이미 허공에 있었다.

"아, 안 돼."

입술 사이로 허망한 목소리가 삐져나왔다.

언제나 든든히 전열에 버티고 있어야 할 탱커가 순간 전장에서 이탈한 대가는 컸다.

2열을 맡은 검사 플레이어 둘의 죽음이 바로 그것이었다.

"앤써니!"

"응!"

별림이 입술을 깨물었다.

포로 수용소에서 처음 만났다고는 하지만, 그 시간이 짧지 않았던 터라 나름 정이 들었는데.

순식간에 데이터 쪼가리로 변해 버렸다.

또 다른 유저, 공이도 어지간히 화가 났던지 연신 리볼버를 쏘아댔다.

리볼버 한정 시간 역행 3회분.

타타타타타타아앙!

고막을 날카롭게 자극하는 화약성 소음이 새빨간 탄막을 만들어 냈다.

착지한 별림이 메이스를 치켜들었다.

카라카잠식(式) 투술 오의 – 붕천(崩天).

스킬 카드로 얻어 낸 어느 무술 집단의 오의가 다시 한번 별림의 메이스를 통해 뻗어 나왔다.

뻐어어엉!

그에 휘말린 오크 둘이 흔적도 없이 터져 나갔다.

"좋아! 좋습니다! 조금만 더 버텨 주시면 저도 곧 준비됩니다!"

필립이 소리를 내질렀지만, 상황은 절망적이다.

방금 일격으로 두 오크뿐만 아니라 별림도 전력에서 제외됐다.

탄막을 만들며 오크를 지연시킨 공이도 재장전할 시간이 필요하고, 그 시간을 벌어야 할 2열의 검사 둘은 죽어 버렸다.

설상가상으로.

발목 잡는 뱀.

오크 주술사의 주술이 사위를 휘감았다.

표식 전이 마법을 준비하고 있던 마법사 플레이어가 사색이 되어서 외쳤다.

"방해 주술입니다! 벗어나야 해요! 이대로라면 마법이 완성되어도 이동하지 못할 겁니다!"

필립이 만들어낸 두 번째 용암 줄기가 아주 약간의 시간을 벌었지만, 별림은 줄기 사이로 열 명이 넘는 오크 전사가 합류하는 모습을 보고 말았다.

"……이럴 줄은 알고 있었는데, 생각보다 많이 힘드네요."

"그러게요. 엘프가 더 발악해 줄 줄 알았는데, 정령이 하나도 안 왔나 봐요."

공이가 리볼버 총구로 제 머리를 긁적였다.

"아잇, 모르겠다. 이번에는 제가 희생할게요."

"에?"

"죽이는 건 못하겠지만, 버틸 수는 있어요. 알잖아요?"

공이는 20층에서 얻은 아티팩트, 마법 공학 리볼버를 중심으로 캐릭터를 육성했다.

콘셉트는 원거리 보조 딜러.

하지만 별림이 한 방을 준비한 것처럼, 그에게도 한 방이 있었다.

일명 불릿 타임.

마법 공학 리볼버는 모든 자원을 총알로 치환할 수 있는 기능이 있었다.

가성비가 좋다고는 말할 수 없지만, 말 그대로 '모든 것'을 치환할 수 있기 때문에 성능의 고점은 꽤나 높은 편이었다.

바꿀 수 있는 것은 정말로 모든 것이다.

장비, 카드, 혹은 사용자의 생명력까지.

별림이 잠시 머뭇거렸다.

그들은 차원 미궁이 진짜 세계라는 사실을 몰랐다.

방송과 연결되어 있는 환경이 아니었기 때문이다.

하지만 로그아웃이 안 된다는 현실은 명백하다.

거기서 파생하는 진실.

게임에 뭔가 커다란 문제가 생겼다는 것.

"왜요. 여기선 제가 나가는 게 맞잖아요. 이제껏 해 왔던 대로 하면. 안 그래요?"

별림이 공이를 바라봤다.

그 표정 밑에 깔린 미약한 두려움이 보였다.

별림도, 공이도.

게임을 하며 수백, 수천 번을 아무렇지 않게 죽어 왔기에 기계적으로 자신을 희생하는 선택을 했다.

하지만 둘 다 안다.

마음 한구석에는 불안이 대나무처럼 자라나 심중을 찌르고 있었다.

불안의 정체는 이렇게 비정상화된 게임에서 죽으면 안 될 것 같다는 불안감이다.

생명체의 본능에서 오는, 죽음을 피하고 싶은 직감.

애초에 그것이 없었다면 게임에 갇힌 플레이어들은 그냥 자살해서 로그아웃이 안 되는 이 상황을 빠져나왔을 것이다.

별림이 물었다.

"······공이 님, 괜찮겠어요?"

떨고 싶지 않았는데, 성대는 그녀의 의지를 배반한다.

"매번 하던 일인데 뭐요. 얼른 먼저 넘어가요. 바깥 상황이 어떤지 제가 먼저 알아보고 있을게요."

별림의 표정을 확인한 공이가 씨익 웃었다.

"이거면 됐죠. 별님은 희생하고 싶어도 못하는 입장이잖아요. 크흠. 저 NPC들이 살아가서 정보를 전달해야 클리어에 한 단계 가까워지지 않겠어요? 요단님 그 말발로는 설득 못 시킬

지도 모르니까."

별림이 저도 모르게 투덜거렸다.

"참나. 이 사달이 났는데 게임이 정상적으로 서비스하겠어 요?"

"못 할 건 또 뭐 있어요? 어차피 인간은 돈만 주면 땅바닥도 혀로 핥는 족속들인데. 죽어도 돈 되면 서비스할걸요?"

별림이 시니컬한 공이를 보며 저도 모르게 웃었다.

"아무튼, 빨리 가요. 이러다가 내 목숨 태우고도 못 살겠다."

새벽의 저주.

공이의 몸에 푸른 귀기가 깃들었다.

몸을 시체로 만들고, 그 대가로 인간 신체의 한계를 뛰어넘 게 바꾸는 기술.

이 역시 리볼버의 불릿 타임을 사용하기 위해 준비한 스킬이 다.

리바운드가 사망에 근접할 정도로 위험하지만, 지속 시간이 유지되는 동안에는 무한한 생명력을 보장하는 기술.

아티팩트와 스킬의 조합으로 공이는 잠시간 몇 배나 높은 급 의 무력을 행사할 수 있게 되었다.

리볼버 한정 시간 역행 3회분.

신경 제어: 초가속 – 반동 억제 기능 해제.

"약실 자동 장전 모드."

별림과 필립, 그리고 마법사 플레이어는 중얼거리는 공이를 뒤로 한 채 뛰었다.

타앙-.

리볼버 특유의 화약 터지는 소리가 플레이어들의 귓가에 맴돌았으나 아무도 입을 여는 이가 없었다.

10분이나 지났을까.

미친 듯이 터져 나오던 총성이 잦아들었다.

별림이 A-6 요새 방면을 바라봤다.

어느새 요새는 엄지손가락처럼 작게 보였다.

마법사 플레이어가 둘이나 섞여 있고 그중 하나는 캐스팅 중이라 온전한 속도를 내지 못했지만, 그래도 36층을 넘어 올라올 정도로 업적을 쌓은 초인들이다.

"안타까운 점이 있다면, 저쪽도 초인이라는 점이지."

멀지만 이 정도 거리라면 차 한잔 마시는 시간도 걸리지 않으리라.

아니, 그것도 낙관적 전망이다.

별림 일행에게 주어진 시간은 길어 봐야 1분.

"이쯤이면 괜찮을 것 같습니다."

캐스팅을 마친 마법사 플레이어가 선언했다.

별림과 필립은 처연한 눈동자로 서로를 바라봤다.

공이. 그리고 플레이어 둘.

요새를 벗어나는 데에만 벌써 12명의 플레이어 중 3명이 죽었다.

신린의
원코인
클리어

C-1 요새에 도착하기까지 얼마나 많은 희생이 담보될 것인가.

생각하기 싫을 지경이었다.

"우리라도 살아요. 공이 님의 희생이 헛되지 않게."

"……그럽시다."

별림이 자조적으로 중얼거리는 순간이었다.

"쿨럭."

캐스팅하던 마법사 플레이어가 기침했다.

별림과 필립이 고개를 돌려 그를 확인했다.

기침한 마법사 플레이어의 입가로 핏줄기가 흘러내렸다.

"……주술사의 역량이 저보다…… 한참 위군요."

마법사 플레이어가 피를 머금은 채 고개를 숙였다.

그의 목덜미에 새까만 뱀의 형상이 문신처럼 새겨져 있었다.

마법사 플레이어는 그 말을 끝으로 툭, 쓰러졌다.

그리고 일어나지 못했다.

그대로 숨을 거둔 것이다.

콰득.

별림이 메이스를 집었다.

"여기까진가 봅니다."

"발버둥은 쳐 봐야죠."

필립의 말과 동시에 오크들이 나타났다.

얼굴과 전신에 형이상학적인 문양의 문신을 한 오크들.

별림은 오크들의 직위 체계에 대해 잘 알지는 못했지만, 정문에서 만났던 오크들보다 이들이 더 강한 존재라는 사실은 인식했다.

가장 화려한 문신을 한 오크가 고개를 까딱였다.

"셋. 아니 둘인가. 먼저 간 놈은 여섯이다. 이놈들은 내가 먹지. 먼저 가라."

말없이 그들을 지나가는 오크 전사들.

우드득.

목을 꺾은 문신 대장 오크가 달려들었다.

지구였다면 감탄만 하고 지나갔을 흉악한 육체가 자못 위협적이었다.

"참나. 밖이었으면 군침이나 흘리면서 보고 있었을 텐데."

별림이 떨리는 팔을 부여잡고 메이스를 휘둘렀다.

대장 오크가 메이스에 대고 마주 주먹을 휘둘렀다.

퍼억.

큰 타격음도 없이 메이스의 머리가 박살 났다.

"후아. 어렵게 구한 무긴데, 이렇게 가네."

"뭘 아쉬워하나. 이다음은 네 머리인데."

하지만 대장 오크의 말은 현실이 되지 못했다.

스타버스트 하이킥(Starburst High Kick) ─ 캐논 폼(Canon Form).

쮸웅.

푸른 광선이 별림의 어깨를 스쳐, 대장 오크의 머리에 직격

했다.

풀 플레이트 메일.

방패.

메이스.

흉악한 오크 전사 앞에 위태로이 서 있는 플레이어를 본 순간, 태양의 눈은 이미 반쯤 뒤집혀 있었다.

[머신 PUNMFV-3000 활성화]

[마나를 소모하여 근력, 맷집, 민첩 중 하나의 시너지를 선택해 시너지의 등급을 한 단계 높입니다.]

[맷집의 시너지가 '6'으로 조정됩니다.]

[스톰브링어(Storm Bringer) : 폭풍 소환(暴風 召喚)]

[폭풍의 정령 군주 아라실이 플레이어 윤태양의 신체에 임합니다.]

[베르단디의 기도]

[플레이어 윤태양의 공격에 멸악(滅惡) 속성이 부여됩니다.]

라빈에게 정보를 노출하니 어쩌니 하던 이야기는 이미 뒷전이 되었다.

[신룡화(神龍化)]

[플레이어 윤태양의 근육이 마왕 발록의 능력치를 얻습니다.]

밑천?

다른 플레이어들의 견제?

이해관계?

모든 요소가 가치 판단의 순위 밖으로 밀려났다.

태양은 당장 태양이 보일 수 있는 최선을 그대로 행했다.

콰드드드드득.

용왕의 근육이 팽창하고, 폭풍이 강대해진 신체를 감쌌다.

오른발에 거대한 은하가 휘감겼다.

태양의 감정에 동화된 걸까.

정령의 보조가 평소보다 한층 격했다.

평소라면 다루는 데 애를 먹었겠으나, 지금의 태양은 달랐다.

신체에 무리가 가더라도 상관없이 위력을 불리는 데 집중.

리바운드는 신룡화한 신체에 맡겨 버렸다.

뒤가 없을지라도.

스타버스트 하이킥(Starburst High Kick) ─ 캐논 폼(Canon Form).

"크아아아아아악!"

쏘아져 나간 광선이 난잡한 문신이 빼곡하던 오크 전사의 안면에 깔끔하게 뭉그러졌다.

정의행(正義行) 1식 ─ 통천(通天) 다연발(多連發).

쩌저저적, 쩌저저적.

과도한 마나를 견디지 못한 회로가 과부하를 일으켰다.

태양의 팔에서 새까만 핏물이 줄줄 흘렀다.

실핏줄이 모조리 터지고, 피부도 터지고, 혈도도 터졌다.

혈도와 연결된 신경 한 올, 한 올을 잡아 뜯기는 듯한 고통은 덤이다.

하지만 상관없다.

발락의 근육은 근력을 보조할 뿐 아니라 재생도 겸한다.

리스크는 막대한 마나와 신경 다발을 그대로 잡아 뽑는 듯한 고통뿐.

뻐엉.

통천의 묘리가 유래 없이 격하게 작용해 공간을 찢어 내듯 밀어냈다.

주먹질 한 번마다 밭고랑이 패였다.

한 번만 떨어져도 숨을 참으며 대비할 만한 일격이 수십 번 반복했다.

콰드드드득.

"이게 무슨……."

별림이 허망한 얼굴로 정면을 바라봤다.

마치 아이가 흙 놀이를 한 듯했다.

손가락으로 땅을 마구 파낸 듯, 대지에 수십 개의 주름으로 초토화되어 있었다.

어느 곳은 깊게, 어느 곳은 얕게.

그리고 그 사이에 붉은 핏자국이 군데군데 묻어 있다.

별림 일행의 목숨을 벼농사하듯 끊어 내던 강대한 오크 전사들이 고깃덩어리가 되어 있었다.

살아남은 나머지도 어안이 벙벙한 표정으로 태양을 바라봤다.

별림이 멍한 눈초리로 부지불식간에 나타난 괴물을 바라보는데.

그 괴물이 별림에게 다가왔다.

그리고 거칠게 껴안았다.

"엉?"

별림의 눈에 당황이 깃들고, 이내 그 감정이 황당함으로 뒤바뀌었다.

"으악! X발!"

놀란 별림이 저도 모르게 욕지거리를 내뱉었다.

"뭐야, 당신!"

목숨이 경각에 달린 상황에서 영문 모를 남자와의 포옹.

판타지 아포칼립스에서 로맨스로.

그녀를 휘감고 있던 장르가 획획 변해 버렸다.

부지불식간 일어난 사고에 머리가 빙빙 돌았다.

내가…… 나도 모르는 남자 친구가 있었나?

첫눈에 반한건가? 이번 캐릭터가 그렇게 예뻤나? 아니, 그래도 이건 너무…….

스스로 반문하던 별림이 문득 태양의 얼굴을 살폈다.

그녀가 기억하는 몸과는 명백하게 다른 몸이지만, 어딘가 익숙했다.

단단한 팔에서 풍기는 특유의 고집.

저도 모르게 육두문자를 튀어나오게 하는 미지의 무언가.

온몸을 뒤틀게 만드는 오글거림.

그리고 그 밑에 깔린 신뢰와 믿음.

언어로 표현할 수 없는 든든함.

사랑.

그녀를 휘감은 장르가 다시 한번 변했다.

액션에서 로맨스로.

로맨스에서 드라마로.

저도 모르게 눈물이 주르륵 흘러내렸다.

머리가 판단하기 전에 육체가 먼저 물을 쏟아 내는 느낌.

"어?"

"……."

"오빠?"

"……그래, 인마."

얼굴도, 체형도, 목소리도 현실의 별림과는 다르다.

하나 별림이다.

태양은 방송에 나온 별림의 캐릭터를 몇 번이고. 아니 수백

번, 수천 번을 가슴에 새겼다. 알아보지 못할 수가 없었다.

"쿨쩍."

현혜가 코를 훌쩍이며 화면을 바라봤다.

단탈리안에 단 한 번도 접속해 본 적이 없던 태양은 수많은 수라장을 거쳐, 기어코 동생을 만났다.

드디어 구해 냈다.

장면만 보면 그다지 감동적일 것도 없었다.

여느 때처럼 때리고, 부수고.

그리고 그냥 동생을 만났을 뿐이다.

별림은 목숨이 경각에 달해 있지도 않았고, 태양 역시 큰 희생을 치른 건 아니다.

딱히 드라마틱할 요소도 없었다.

그냥 드디어, 만났을 뿐.

"아이, 왜 내가 눈물이 나는 거야."

현혜가 티슈를 집어 들었다.

그래. 만났다.

포기하고 기다리자는 현혜의 조언을 넘어서.

차원 미궁의 살인적인 스테이지를 넘어서.

현실을 침식하는 마왕들의 손아귀를 넘어서.

기어코 만났다.

―별님?

-진짜 별님임?

-별님이 윤태양 동생이라고?

-루머가 사실이었네.

-ㅁㅊ;;;;;

-아니, 이게 말이 되나?

-와 ㅋㅋㅋㅋㅋ 대박. 윤태양이 찾던 가족이 별님이었다고?

-별님이랑 윤태양이랑 가족? 뭔 개소리지;

-이게 숨긴다고 숨겨지는 사실이냐?

-애인이 아니라 가족? 애인이 아니라 가족? 애인이 아니라 가족?

채팅 창이 미친 듯이 내려갔다.

태양의 방송은 이미 세계에서 가장 화력이 좋은 채널이다.

오늘로서 뒤집을 수 없는 기록을 세웠겠지.

"하지만 방해야."

지금 이 순간만큼은 방해다.

이들의 의견은 중요하지 않았다.

현혜는 손가락을 놀려 채팅과 후원을 잠갔다.

⁂

얼굴을 더듬던 별림의 손이 시뻘겋게 변한 태양의 손을 붙잡자 태양이 움찔, 떨며 손을 빼냈다.

별림이 울면서 웃었다.

저는 부끄러운 짓을 서슴없이 하는 주제에 부끄러운 짓을 당하는 것에는 내성이 없던 태양이다.

얼굴도 다르고, 목소리도 다르지만 이 행동이 태양이라는 사실을 증명했다.

"참나. 나는 껴안아 놓고 손잡는 게 싫어?"

"아파서 그래, 아파서."

"어이없네. 단탈리안이 뭐가 아파…… 아."

별림이 뒤늦게 태양의 병을 깨달았다.

실제로는 허공에 주먹질한 것뿐이지만, 터져 나간 마나 회로가 신경을 건드렸다.

흥분한 태양은 그동안 갈고 닦은 무공, 회로에 대한 이해를 전혀 고려하지 않고 마나를 움직였다.

아니, 이해한 만큼 더욱더 한계까지 몰아붙였다고 표현하는 게 더 올바르다.

감정을 제어하지 못하는 바람에 과도하게 힘이 들어간 결과, 태양의 오른팔 부위 마나 회로는 말 그대로 박살이 나 버렸다.

발락의 신룡화로 간신히 이어 붙여 놓기는 했고, 마나가 뒷받침되는 재생도 되겠지만 그렇다고 통증이 없어지지는 않는 것이다.

'하지만 어쩔 수 없었어.'

별림이 죽을 뻔했으니까.

태양이 차원 미궁을 전전하며 고생하는 이유가 사라질 뻔했으니까.

그때, 란이 끼어들었다.

"태양, 그…… 누군지는 모르겠는데, 감동의 재회는 잠시 접어 둬야겠는데."

강력한 마나 유동에 반응해서, 오크들이 몰려오고 있었다.

⚜

새파란 대낮에 내리꽂히는 달빛이 녹색 피부의 전사를 두 갈래로 갈라놓았다.

달의 휘광을 휘감은 기사 뒤로 인간 진영의 플레이어들이 쏟아져 나가고, 예봉이 꺾여 버린 오크 전사들은 패잔병이 되어 뿔뿔이 흩어졌다.

기실, 오크들을 물리치는 건 어려운 일이 아니었다.

그래 봐야 본대는 요새 안에 있고, 별림 일행을 따라온 전사는 전력 일부에 불과했다.

그에 반해 파카, 운룡, 태양을 비롯한 이번 세대의 플레이어들은 막 37층으로 올라온 이들이라기에는 심히 강했고, 무엇보다 라빈이 있었다.

당장 최전선에서 활약하고 있어야 할 인간 진영의 중요 전력이.

오크들은 빠르게 후퇴했다.

명예를 가장 큰 가치로 놓는 이들이지만, 잦은 전투와 전쟁은 그들에게 용기와 만용을 구분하는 지혜를 주었다.

"……."

라빈이 문득 손등을 내려다보았다.

백옥처럼 흰 피부, 검을 쥔다고 말하기엔 다소 앙증맞아 보이는 그 손등에 소름이 오소소 돋아 있었다.

그 연원은 간단했다.

윤태양.

"강하다, 강하다 말은 들었지만 이건……."

천재.

라빈이 본 무(武)의 천재는 여럿이었다.

그에서도 최고를 뽑으라면, 라빈은 고민하지 않았다.

아그리파 기사단의 단장 카인.

그녀의 정신적 지주이자, 제자이자, 이제는 스승인 남자.

재능이란 척 보기에 분류되는 것이다.

급이 있다는 뜻이다.

천재라 불리는 수많은 플레이어가 있었다.

그리고 그런 천재가 모인 집단이 바로 S등급 클랜이다.

수많은 천재가 모이면 어떤 현상이 일어날까?

천재는 범재가 되고, 소수만이 천재라는 타이틀을 유지한다.

그 과정이 반복되고, 반복되고, 또 반복되면.

라빈은 그렇게 '여과된 천재'가 진짜 천재라고 생각했다.

대표적인 존재가 바로 카인이었다.

천재 중의 천재.

아직 모든 여과 과정을 거치지는 않았지만 확신할 수 있었다.

급이 다른 원석은 보석으로 깎아 내기 전부터 이미 알아볼 수 있는 법이다.

일단 1개도 아닌 2개의 드래곤 하트를 최대한으로 구동하며 뽑아낸 마나를 온전히 다룰 수 있다는 것부터 정상은 아니다.

거기에 마법사 계열도 아닌 주제에 아라실과 바람 정령을 몸에 휘감고, 스킬화(化) 기술을 숨 쉬듯이 뿜어내는데 그 출력이 어지간한 스킬을 가볍게 찍어 눌렀다.

화룡점정으로 마왕의 권능을 사용하기까지.

하나하나가 평범한 플레이들은 거들떠보지도 못할 수준인데, 고작 한 사람이 이 모든 것을 행한다.

라빈은 최전방에 서는 플레이어로서 저도 모르게 계산했다.

이 플레이어가 모든 스테이지를 '제대로' 순회하며 올라오면 진짜 판이 뒤엎어질 수 있을지도 모르겠다고.

엘프, 오크, 인간의 세력 구도를 뒤엎을 수 있다면.

만약 그렇다면.

'소속에 상관없이 인류가 힘을 모아 성장을 도와야 해.'

아그리파 기사단 소속이 아닌 건 아쉽지만, 가장 효율이 큰 보상은 종족 간의 경쟁에서 승리다.

이러나저러나 인간 진영이 차원 미궁의 꼭대기에 다다라야, 인간 진영에 속한 본인도 차원 미궁의 꼭대기에 다가갈 수 있는 거니까.

다른 말로 하자면, 이 재능이 반대편 종족들에게 알려지면 위에서 찍으러 내려올 가능성이 100%에 수렴했다.

'그게 문제야.'

벌써 인간의 최상위 플레이어들이 옥신각신하는 장면이 그려진다.

엘프, 오크의 랭커가 윤태양을 잡으러 내려온다는 이야기는 반대로 위층에 공백이 생긴다는 이야기다.

최전방의 플레이어들은 그를 이용해 이득을 보려 자신들의 배를 불리려 할지도 몰랐다.

아그리파 기사단은 인간 진영의 발전을 가장 앞에 두지만, 그렇지 않은 클랜도 분명 존재한다.

욕심 많은 허공과 실버는 윤태양에게 쏠린 관심을 발판삼아 최전방에서 주도권을 얻어 내려 할 테고, 웬만해서는 중립적으로 대응할 게 분명한 카인은 그것을 지켜만 보고 있는 그림이 나올지도 모른다.

상황을 심각하게 예단하자면 오히려 미끼로 던질 가능성도 배제할 수는 없었다.

'그래서는 안 돼.'

최대한 희망적으로 예측해서 카인이 윤태양을 살리자고 주장하더라도 그 의견이 완고하지 않으면 시간이 끌린다.

그리고 그 시간이면 엘프, 오크의 랭커가 이미 여기에 도달해 윤태양의 목을 베었겠지.

오크, 엘프 진영의 플레이어가 윤태양을 사냥하는 데 성공하느냐.

인간 진영 플레이어가 먼저 윤태양을 보호하느냐.

'이건 시간 싸움이야.'

이만한 재능.

마왕들 사이에 소문이 나지 않았을 리 없다.

당장 윤태양이 통합 쉼터에 올라왔을 때만 해도 그렇게 신탁을 내려 대던 존재들 아닌가.

마왕과 계약한 플레이어들은 이 사실을 미리 알고 위에서 행동을 취하고 있었으리라.

카인 역시 언질을 받았겠지만, 내려오기 전에는 아무런 말이 없었다.

특유의 중립적인 입장을 고수하는 모양.

그래서는 안 된다.

다른 플레이어들을 설득하지 못한다면 적어도 아그리파 기사단이라도 내려와야 한다.

그리고 그를 위해선…… 라빈 자신이 움직이는 것밖에는 도리가 없다.

'땅따먹기 스테이지의 총책임자는 창천의 석조경. 그 남자라면 믿을 만해.'

본신의 무력도 최전방에서 활동할 만한 수준이고, 리더십과 지략 역시 수준급이다.

그녀가 한 생각을 똑같이 하지는 않았겠지만, 윤태양의 가치는 알아봤을 터.

라빈이 잠시 자리를 비우더라도 윤태양이 허무하게 죽게 놔두지는 않을 것이다.

C-1 요새에 돌아온 라빈은 파카에게 말을 전했다.

"파카, 윤태양과 같이 움직이십시오."

당연한 이야기지만, 파카는 대답하지 않았다.

그저 무언으로 불만을 표출할 뿐.

기대하지는 않았다.

그녀 역시 수인이 어떤 존재인지는 알고 있었으므로.

"협력하지 못하겠다면 아무것도 하지 않으셔도 됩니다."

라빈은 곧장 텔레포트 게이트를 향해 움직였다.

윤태양의 등장은 카인 이상으로 임팩트를 줄 수 있다.

그리고 그건 무조건 인간 진영 플레이어들에게 이득이었다.

'제발, 마왕들의 신탁을 받은 플레이어들이 멍청한 선택을 하지 않았길.'

라빈은 파카에게 몇 마디 당부만 하고 서둘러 사라졌다.

뭐가 그렇게 급한 건지는 물론 태양으로서 알 수 없는 노릇이었다.

파카는 태양을 호시탐탐 노려보고 있었고, 태양 역시 그런 파카를 피하지 않았다.

아니, 오히려 대놓고 파카를 마주 노려봤다.

누가 먼저 덤비더라도 이상하지 않은 상황.

하지만 싸움은 일어나지 않았다.

운룡과 천문 간부.

그리고 강철 늑대 간부 몇몇.

전투 이후 기합이 들어간 고위급 플레이어가 주변에 상주하면서 상황에 억제력이 생겼기 때문이다.

아무리 파카라지만 적대적인 간부가 이렇게 많은 상황에서 태양에게 미친 척 덤벼들 수는 없었다.

'……솔직히 말로 조금만 더 긁으면 덤빌 것 같기도 한데.'

잠시 고민하던 태양은 파카를 긁는 짓을 포기하리고 했다.

솔직히 이야기하자면 당장은 상황을 정리하고 별림과 한마디라도 더 하고 싶은 게 진짜 심정이었다.

"그럼 들어갈까."

태양은 한시라도 빨리 일행을 데리고 C-1 요새에 마련된 간이 쉼터로 들어가고 싶었다.

별림과 해야 할, 하고 싶은 이야기가 많았기 때문이다.

하지만 그 바람은 안경을 쓴 스마트한 인상의 사나이가 다가

옴으로써 방해받았다.

"안녕하십니까. 플레이어 윤태양."

천문의 간부이자 땅따먹기 스테이지의 인간 진영 총사령관,
석조경이었다.

태양은 속마음을 숨기고 고개를 꺾어 마주 인사했다.

"헉, 석조경……."

자신과는 멀다고 생각했던 네임드 NPC가 다가오자 별림이
손으로 입을 막고 조심스럽게 중얼거렸다.

석조경.

한때는 최전방에서 활동한 전적이 있는, S등급 클랜 천문 소
속의 플레이어였다. 지금도 딱히 능력이 부족해서 좌천된 것이
아니라, 특유의 리더십을 인정받아 스테이지의 관리를 위임받
았다는 모양이었다.

그리고 단순히 권력 때문이 아니어도, 태양은 석조경을 무시
할 수 없었다.

허리에 찬 검.

잘 단련된 신체.

그리고 그 밑에서 약동하는 미증유의 거력.

별림을 구하는 전투에 참여하진 않아서 그 무력을 직접 관
찰하진 못했지만 강하다는 사실을 유추하기 어렵지 않았다.

그 무력의 수위는 아무리 낮게 잡아도 태양의 행동을 직접
제지할 수 있을 정도.

웃는 낯의 석조경은 금방 제 용건을 꺼내 들었다.

"천문 클랜과 같이 움직이자고요?"

"네. 물론 시간만 죽이며 앉아 있다가 물감 아귀를 잡으면 다른 위험을 겪지 않고도 클리어할 수 있습니다. 하지만, 삼신성이 모였는데 그러기는 아쉽지 않겠습니까."

"A-6 요새를 함락시키자는 말씀이십니까?"

"이런 세대는 흔하지 않아요. 그리고 이런 훌륭한 재능들이 업적 보상을 얼마 받지 못하고 스테이지를 넘기게 하는 것도 아쉽고요."

석조경이 운룡을 힐끗 쳐다보며 말을 이었다.

"솔직히 당신의 성장은 제 관심 밖입니다. 저희 천문의 입장에서는 운룡 선배님의 성장이 우선이죠. 다만 아무리 운룡 선배님이라고 하더라도 혼자서 엘프와 오크들을 상대할 수는 없는 노릇인지라."

"천문이 힘을 다 합쳐도 안 된다는 말씀이시죠?"

석조경이 고개를 끄덕였다.

뭐, 당연한 이야기다.

아무리 인간 진영에서 한껏 콧대를 세우고 다니는 S등급 클랜이라 하더라도, 결국에는 1개의 집단일 뿐이다.

당장 엘프와 오크는 수십 개의 집단이 유기적으로 뭉쳐 있는 세력들.

아무리 천문이라지만 투자를 얼마 하지도 않은 땅따먹기 스테이지의 지부는 이들에게 밀릴 수밖에 없다.

"하지만 당신과 저 수인, 파카가 합류하면 이야기는 달라질 겁니다."

가장 크게 달라지는 건 명분이다.

'자기 클랜 소속의 유망주를 키운다.'에서 '인간 진영 최고 유망주들을 키운다.'로 바뀌는 거다.

여기에 석조경과 아그리파 기사단의 간부가 말을 보태면 정말로 땅따먹기 스테이지의 인간 진영이 들썩이게 된다.

파카의 아그리파를 비롯해 딱히 키우고 있는 재능이 없는 강철 늑대와 여타 A, B등급 클랜도 조금씩 손을 보태게 되는 것이다.

물론 그들의 유망주 플레이어도 같이.

─결국 인간 진영이 다 같이 움직이려면 삼신성이 이렇게 모여야 한다! 뭐 이런 이야기네.

태양이 물었다.

"제가 합류한다고 치면, 계획은 있는 겁니까?"

석조경이 자신 있게 고개를 끄덕였다.

"협조만 잘해 준다면, 일은 쉽죠. A-6 요새는 지금 당장 노려 볼 만도 합니다. 라빈 님이 있었으면 정말 더없이 완벽했겠지만…… 당신이 아까 전장에서 보여 준 능력도 저희 예상 이상이었고."

"어? 그때 전장에 있었습니까? 못 봤는데."

"관찰만 하는 건 멀리서도 할 수 있지요."

석조경은 땅따먹기 스테이지의 헤드를 맡기 전에도 위의 다른 스테이지에서의 경험이 있었다.

그리고 땅따먹기 스테이지에서야 인간 진영의 활동이 없다지만, 다른 곳에서도 활동이 없는 건 아니다.

A-6의 전경이 대충 그려졌다.

오크들은 적은 수의 정예 부대로 엘프들의 요새, A-6를 습격한 게 분명했다.

위에서 전력을 뺐다면 엘프들도 대비를 했을 것이 분명한데, 눈치를 못 채고 넘어가 버렸으니 저쪽에서도 나름 이번에 올라온 전력이 꽤나 의미가 있었던 모양이다.

엘프들의 모든 전략 전술은 정령들의 판단 아래 행해진다.

그리고 정령은 최전방에 비해 아래층에는 상대적으로 무심한 편이다.

특성적으로 정복 사업에는 욕심을 내지만, 역설적이게도 가진 걸 지키는 데에는 신경을 덜 쓰는 편이다.

"결론. A-6는 생각보다 무주공산일 가능성이 크다는 이야기입니다."

"요새를 점거한 소수의 정예 오크 부대만 몰아낸다면, 일은 쉬워진다?"

"네. 심지어 이미 아그리파의 1번대 대장이 그중 일부를 잡아 주셨죠. 윤태양, 당신이 참여한 바로 그 전투에서 말입니다."

확실히 솔깃한 이야기다.

"말씀대로라면, A-6 요새 점령은 정말 거저먹는 거네요?"

"그렇습니다. 당신에게도, 그리고 저 수인에게도 전혀 손해 볼 제안이 아니죠."

석조경이 안경을 치켜세웠다.

"우리 인간 진영이 A-6 요새를 차지했다고 하면 오크든 엘프든 또 찾아올 겁니다."

이제까지 인간 진영은 땅따먹기 스테이지에서 딱히 영향력을 과시하지 않았다.

하지만 이렇게 요새 1~2개를 기습적으로 점령한 경우가 아예 없는 것은 또 아니었다.

재능 있는 플레이어의 업적을 위해서 몇 번 정도 이런 일이 벌어졌었다.

"그리고 그때마다 우리는 요새를 쉽게 내줬죠. 우리가 바랐던 건 딱 '점령 업적'까지였으니까요. 그들을 막아 내는 게 중요합니다."

"업적은 점령을 성공하기만 하면 되는 거 아닙니까?"

"그렇게 하면 '점령' 업적은 얻을 수 있지만, '점유' 업적은 얻을 수 없습니다."

점유는 점령과 다르게 일주일 이상 요새를 점유해야 일어나는 판정이다.

"점유 판정이 일어나면 점령의 최소 두 배의 업적을 보장받

신권의
원코인
클리어

을 수 있죠. 물론 여러 제약이 붙고, C-1 요새에 집중된 전력이 분산되어야 하니 여러모로 힘들어지기는 합니다만……. 저는 그림을 더 크게 보고 있습니다."

석조경이 눈을 번뜩였다.

그 사이에 야망이 스쳤다.

"스테이지의 구도를 바꾸고 싶은 겁니까?"

"네. 6 : 6 : 1은 자존심 상하잖습니까. 적어도 4, 이왕이면 5를 차지해야 체면이 서지요. 게다가 혹시 우리가 5를 차지할 수 있다면, 유물 '나이트 홀스'의 점유권이 우리 인간 진영에 넘어올 겁니다. 그렇게 되면 이번 물감 아귀 스테이지에서 인간 진영에 압도적인 기여도가 들어올 거고, 그것 역시 성장으로 치환될 겁니다."

유물.

마왕이 준비해 놓은 초월적인 힘을 운용할 수 있는 오브젝트다.

단순히 무기로만 알고 있는 사람들이 많지만, 이면에는 약간 더 큰 것이 있다.

'물론 이것까지 알려 줄 필요는 없고.'

그때 별림이 번쩍 손을 들었다.

"아, 요새 점령! 저 그에 관해서 할 말이……."

석조경이 손을 들어 별림의 말을 끊었다.

태양이 눈살을 찌푸려도 석조경은 신경 쓰지 않았다.

태양도 아닌 일개 플레이어에게 관심을 낭비할 만큼 여유롭지 않았기 때문이다.

할 말이 있다면 밑에 보고하고, 그게 중요하다면 석조경의 귀에까지 들어올 일이다.

"여하간, 우리가 생각해야 할 건 점령과 그 이후, 2파로 들어설 엘프와 오크를 막는 겁니다. 인간 진영에 요새를 차지하게 되면 먼저 습격한 종족이 보통 요새를 차지하니, 점령군은 금방 올 겁니다."

그때 파카가 끼어들었다.

"아니, 난 참여하지 않는다."

"뭐?"

"두 번 말하게 하지 마라."

말을 마친 파카가 곧장 등을 돌렸다.

성장도 중요하지만, 수인으로서의 정체성이 더 중요했다.

적어도 파카에게는 그랬다.

물론 파카는 힘이 간절하여 아그리파 기사단에 들어갔다.

하지만 그것도 아그리파 기사단의 단장인 카인이 몸소 그 정체성을 인정하고, 존중하겠다고 천명했기 때문에 일어날 수 있었던 일이었다.

"저런. 제 말을 듣기는 한 겁니까? 파카?"

파카는 석조경의 말을 들은 체도 하지 않고 걸음을 옮겼다.

이에 석조경이 태양에게 눈짓했다.

신컨의
원 코인
클리어

태양이 어깨를 으쓱였다.

"전 못합니다."

저 수인을 설득해 보라고?

나보고?

욕을 그렇게 박았는데?

주먹질까지 나오게 했는데?

그런 내가? 어떻게?

"절대 못 하지. 그래서 별림아, 아까 하려고 했던 얘기가 뭐라고?"

그 모습을 보고 있던 운룡이 한숨을 내쉬었다.

"내가 하지."

⬥

C-1 요새에 마련된 간이 쉼터.

운룡이 파카를 잡아 세웠다.

파카가 곧장 으르렁거렸다.

"인간, 내 한계를 시험하지 마라. 라빈의 말이 아니었다면 너는……."

"네가 없다면, 우리는 최상의 결과를 만들지 못한다. 석조경이 이야기했던 4 : 4 : 5 구도는 당연히 힘들겠지."

"흥, 당연한 일이다."

"하지만 그렇다고 아무것도 못하지는 않을 거다. 최고의 성적을 내지는 못하겠지만, 생각해 봤나?"

파카가 움직이지 않으면 아그리파 기사단도 움직이지 않을 터고, 그렇게 되면 인간 진영의 다른 플레이어도 움직이지 않는다.

"태양 일행, 나, 그리고 천문의 도움. 우리가 어느 정도로 일을 벌일 수 있을 것 같나?"

파카는 대답하지 않았다.

하지만 확실한 사실은 있다.

파카 혼자 움직이는 것과는 비교할 수 없을 정도로 많은 업적을 얻을 거라는 사실이다.

"여기서 빠지면, 너만 뒤쳐진다는 이야기다."

"하, 백호는 그 누구에게도 지지 않는다."

"영혼 수련장에서의 결투. 나도 들었다."

으드득.

이 갈리는 소리가 커다랬다.

파카의 눈에 독기가 깃든다.

운룡은 멈추지 않고 말을 이었다.

"수인이 약하다는 이야기를 하고 싶은 게 아니다. 나도 차원 미궁에 오래 있었고, 수인이 어떤 재능을 타고난 존재인지 안다. 하지만 말이야. 너는 오히려 윤태양을 얕잡아 보고 있는 것 아닌가?"

"무슨 소리냐."

"최근에 말이다. 우리 천문은 윤태양이 역대 최강의 플레이어가 될 가능성을 논한다. 인간 진영. 그러니까 인간과 수인뿐만 아니라, 엘프와 오크를 합쳐서도. 강철 늑대에서는 어떻게 평가하고 있는지 모르지만, 너는 아그리파 소속이니 아그리파의 여론은 알겠지. 어떻던가?"

아그리파 내에서 윤태양의 평가.

운룡이 말한 정도, 역대 최강은 아니다.

그들은 카인이라는 불세출의 천재를 대장으로 모시고 있기 때문이다.

하지만 분명 엄청난 플레이어일 거라는 기대는 분명 있었다.

심지어 카인은 그가 현 최강자들과 어깨를 나란히 할 정도의 재목이라는 이야기를 에둘러서 한 적도 있었다.

"역대 최강이란 절대 가벼운 단어가 아니야."

그동안 수없이 많은 인간과 수인이 미궁을 올랐다.

엘프와 오크 또한 올랐다.

당연히 수많은 플레이어가 재능이라는 부조리 앞에서 무릎을 꿇었다. 그리고 수많은 플레이어를 무릎 꿇린 재능도 또 다른 재능 앞에서 무릎을 꿇었다.

수많은 재능을 무릎 꿇린 자들이 올라선 자리가 바로 S등급 클랜의 장이라는 자리다.

천문의 장문인 허공이 평가하길, 역대 최강.

다른 말로 하자면, 자신을 뛰어넘을 재목.

"윤태양은 네 안일한 마음가짐으로 따라잡을 수 있는 존재가 아니라는 말이야."

"……."

"혹시 그렇다고 생각하고 있다면, 생각해 봐라. 그 마음가짐이 네 오만과 아집이 아닌지."

파카는 대답하지 않았다.

운룡은 미련 없이 뒤돌았다.

합류하겠다는 확답은 듣지 못했지만, 상관없었다.

'강할수록 강함에 더욱 집착하기 마련이지.'

운룡은 재능 있는 자가 가진 갈증에 대해 너무나도 잘 알았다.

"……그래서 저 여성분은 누구신데?"

다리를 꼰 채 의자에 기대앉은 란이 요새 한쪽에서 이야기꽃을 피우고 있는 별림을 보며 물었다.

대답한 건 메시아였다.

"동생."

"동생?"

"그래, 친동생이다."

"가족이라고? 안 닮았는데?"

반사적으로 그렇게 말하긴 했지만, 란은 곧 납득했다.

진실 스테이지에서 했던 이야기가 기억났기 때문이다.

지구인들은 차원 미궁에 들어오는 과정에서 육체를 재구성한다.

메시아가 고개를 끄덕였다.

"그리고 현실에서도 안 닮았다. 둘의 외모를 보면…… 같은 유전자를 타고 났다는 게 기적처럼 느껴질 정도지."

"그 정도야?"

"애초에 지금 지구 출신 플레이어들의 외모는 현실에 비례한다. 체형은 거의 똑같다고 보면 되고."

란이 별림을 바라봤다.

오밀조밀한 이목구비.

시원시원하게 뻗은 팔과 다리.

확실한 미인상이다.

반면 태양은 몸의 비율만큼은 좋지만, 얼굴은…….

"저 정도면 나쁘지 않은 거 아닌가?"

"뭐가?"

"아, 아니야."

란과 메시아가 대화를 나누는 사이, 태양은 별림과 한참 이야기를 나누었다.

주로 태양이 이야기하고 별림이 들었다.

별림뿐만 아니라 마법사 유저 요단도 같이.

"……그러니까, 게임 안에서 죽으면 현실에서도 죽는다고?"

"어."

별림과 요단이 동시에 입을 틀어막았다.

"정말?"

"정말이야."

"그럼 공이 님은……."

태양이 나직한 목소리로 중얼거렸다.

"……죽은 거지. 안타깝지만."

털썩.

다리에 힘이 풀린 요단이 제자리에 주저앉았다.

─충격받을 만해.

─그동안 몰랐던 거임? 주변에 방송하는 유저가 한 명도 없었어?

─없었으니까 그동안 몰랐지.

─있었으면 우리가 알았겠지. 다른 방송 통해서라도.

─ㅜㅜㅜ 별님 충격받은 거 봐. 맘 아프다.

─별 손실…… 채워 넣으라고 하기엔 사안이 너무 크다. ㅜ

['고연수' 님이 10,000원을 후원하셨습니다!]

[별님 힘내요…….]

태양은 충격받은 별림과 요단을 바라보다가, 이내 자리에서 일어났다.

"쉬고 있어."

"어디 가?"

"어. 요새 점령. 다른 플레이어들이랑 움직이기로 했거든."

당연한 이야기지만 태양은 별림을 일행에 넣을 생각이 없었다.

물론 이번 스테이지는 클리어해야겠지만, 지금도 굳이 최전선에서 같이 움직이지 않을 생각이었다.

어차피 차원 미궁을 오르지 않을 거라면, 업적도 보상도 필요 없다.

"골드 벌어 놓은 거 꽤 있거든. 통합 쉼터 여관에서 쉬고 있어. A등급 여관 시설 장난 아니야. 가 봤냐?"

별림이 중얼거렸다.

"나도 갈 거야."

"안 돼."

돌아 나서려던 태양이 덜컥 멈춰 뒤돌았다.

"넌 도움이 안 돼. 너무 약해."

"무슨…… 아니야!"

"약해."

객관적으로 사실이다.

당장 태양이 행사한 무력을 봤으니, 대충 알아듣겠지.

쾅!

태양이 강하게 문을 닫고 나섰다.

소리치는 것도 잊지 않았다.

"따라오지 마! 얘기했다! 따라오지 말라고!"

[A-6번 요새의 주인이 바뀌었습니다.]

[인간, 윤태양이 일주일 간 요새의 점유권을 지켜 내는 데 성공하면 오크 진영의 통합 쉼터 확장이 정지합니다.]

[최전선의 오크 영역 비무장 지대 점유권 일부가 인간에게 넘어갑니다.]

[오크, 요람의 창지기가 요새의 점유권을 지켜 내는 데 실패했습니다. 유물—나이트 홀스(Night Horse)의 이용 권한이 소멸합니다.]

[A-6번 요새의 보스 몬스터가 10분 후에 리젠됩니다.]

위험할 거라는 이유로 별림을 다그쳐 따라오지 못하게 했던 태양의 행동이 무색하게 전투는 없었다.

놀랍게도 메이그마란도 지역의 A-6 요새는 무주공산이었다.

얼마나 병력이 없었는지, 성문이 열려 있는 수준이었다.

성벽을 지키는 오크 몇이 있기는 했지만, 그들은 인간 병력이 온 것을 보고는 곧바로 후퇴했다.

마치 이렇게 될 것을 알고 있었다는 듯이.

결과적으로는 피 한 방울 흘리지 않고 요새를 점령한 셈이다.

하지만 마냥 좋아할 수는 없었다.

차원 미궁에서 예상 밖의 상황은 99% 좋지 않은 일로 수렴한다.

"예상한 건 아니죠?"

"아닙니다. 충분히 이길 수 있다는 건 알고 있었습니다만, 이렇게 아예 싸움이 벌어지지 않을 줄은 몰랐습니다."

석조경이 제 안경을 매만졌다.

"이유는 지금부터 알아봐야겠지요."

꽃장식

요람 부족의 족장이자 대전사, 요람의 창지기는 척후의 보고를 듣고 킁― 콧김을 내뿜었다.

"강자. 적어도 50층에서 활동할 수준의 강자라."

보고를 받은 요람의 창지기는 곧장 부족의 대주술사, 포용하는 언덕을 불러들였다.

포용하는 언덕의 주술, '과거를 되짚는 대지'를 통해 적이 누구인지 특정하기 위함이었다.

포용하는 언덕은 곧 적을 특정해 냈다.

"라빈. 아그리파의 1번대 대장입니다."

"라빈이라! 저 간악한 인간의 무리 중 가장 강한 부족에 요직을 맡고 있는 인물이렸다!"

"그리고……."

"더 있나? 둘이라고? 단단한 모래는 한 명만 묘사했다."

"단단한 모래가 말한 강자는 라빈이 아닙니다. 라빈은 그 묘사에 들어맞지 않습니다."

"그렇다면 놈은 누구냐?"

주술사, 포용하는 언덕은 대답하지 못했다.

인상을 찌푸린 채 한참이나 더 과거를 되짚어 보다가, 결국 답을 내었다.

"아는 얼굴이 아닙니다."

"흐음."

요람의 창지기는 솥뚜껑만 한 손으로 제 수염을 쓰다듬었다.

초록 피부에 무성하게 자란 거친 수염이 굳은살이 박인 근육질 손바닥을 자극했다.

고민을 마친 요람의 창지기가 말을 이었다.

"부족 연합의 영혼에 접속하라."

"네."

부족장의 말에 주술사는 비장한 얼굴로 고개를 끄덕였다.

부족 연합.

종족 전이라는 구도가 성립되면서 단일 부족으로는 적에게 대항하지 못하는 상황이 도출되며 자연스럽게 생긴 조직이다.

부족 간의 끈끈함을 기대하기는 어렵지만, 전쟁의 편의를 위한 시스템을 위해 결성한 조직.

그리고 그 시스템 중에는 '정보의 도서관'이 있었다.

주술을 이용해 오크들이 겪은 정보를 도서관에 저장하고, 주술사들이 필요할 때마다 해당 정보를 열람하는 식이다.

물론 대가는 작지 않았지만, 그것은 누군가의 사익이 아닌 도서관 유지를 위한 공익에 해당함으로, 반발하는 이는 없었다.

"누군가?"

"······아무도 아는 이가 없군요."

"신성이란 말인가."

쿵.

요람의 창지기가 발을 굴렀다.

최전선을 누비고 다녀야 할 실력 라빈.

이제껏 정보가 기록되지 않은 신성, 윤태양.

영민한 요람 부족의 족장은 상황을 단숨에 파악했고, 그가 해야 할 일을 깨달았다.

"하긴. 기록을 살펴본 바, 인간 진영은 너무 오랫동안 위축되어 있었지."

봄꽃은 봄에 피고, 여름 꽃은 여름에 피고, 겨울 꽃은 겨울에 핀다.

아무리 뿌리를 뽑아 대며 생장을 방해해도, 철이 된 꽃은 결국 피게 되어 있는 법이다.

"포용하는 언덕이여, 쉽지 않은 일을 해 주어야겠다."

"무슨 일입니까."

"상층의 부족들에게 서신을 전하라."

동시에 자리를 박차고 일어선 요람의 창지기가 소리를 내질렀다.

"후퇴한다!"

차원 미궁이 게임인 줄 알았던 시절, 유저들은 36층 이후를 만렙 콘텐츠라고 불렀다.

업적으로 인한 성장이 막히지는 않지만, 그 외의 성장은 찾아보기 힘들다는 게 그 이유였다.

37층에 도전하는 플레이어는 거의 대부분 카드 슬롯을 모두 해금했다.

그리고 채웠다.

플레이어들은 해금한 슬롯을 가장 효율적으로 채우려 애썼다.

당연히 7개(영혼 수련장의 것까지 합치면 8개)의 카드 슬롯은 대부분 완벽하게 호응하는 형태로 완성되었는데, 이렇게 되면 문제가 발생했다.

더 좋은 카드를 얻어도 시너지 때문에 사용하지 못하게 되는 거다.

물론 시너지가 완벽하게 상위 호환인 경우도 있겠지만, 혹여 그렇다고 시너지가 겹치는 카드가 플레이어의 주력 스킬이나 장비라면 바꾸지 못했다.

장비도 같은 이유로 성장하지 않는 경우가 많았다.

36층에 대부분 완성하는데, 같은 타입의 상위 호환 장비를 구하지 않는 이상 해당 캐릭터가 죽을 때까지 장비를 바꾸지 않는 경우가 많았다.

장비의 성능보다 숙련도가 더 중요하게 취급받았기 때문이다.

물론 장비는 카드보다 엄격하게 구분 짓지는 않기 때문에 그나마 변동 가능성이 있는 부분이기는 했다.

다른 말로 하자면, 밑에서는 아티팩트와 장비에 집착하는 반면 위층의 플레이어는 온전히 업적에 집착하는 경향이 생기는 것이다.

-집착이라고 표현하기는 좀 애매한가. 확실한 건 유능한 플레이어는 얻을 수 있는 업적은 절대로 놓치지 않는다는 거지.

이는 석조경 역시 마찬가지였다.

"다음 요새를 공략을 준비하자고요?"

"애초에 다음 공략까지 생각하고 물자를 준비했습니다. A-6 요새를 공략하지 않았으니, 시간이 빕니다."

메이그마란도에는 요새가 하나 더 있다.

A-5 요새.

엘프들의 요새다.

역시 열정의 땅 안에 자리했고, 염석으로 지었기 때문에 열기가 심상치 않다.

"공략을 준비했다는 말은 못 들었었는데."

"당장은 A-6 요새를 먼저 공략해야 했으니 어쩔 수 없었습니다. 일에는 순서가 있고, 정보를 알아서 힘을 비축하기라도 한다면 제 계획이 틀어지지 않겠습니까."

당당한 석조경의 말에 태양의 눈썹이 들썩였다.

마음에 들지는 않았지만, 논리적으로 딱히 반박할 구석은 없었다.

"아까 이야기하길, 빠른 시간 안에 A-6 요새를 점령하러 올 거라고 하지 않았습니까? 지금 병력을 나누는 건 상식적으로 좋은 선택이 아닌 것 같은데."

석조경이 가볍게 이마를 쓸어 넘겼다.

그는 이렇게 하나하나 반문하는 하급자를 좋아하지 않았다.

하지만 그렇다고 여기에서 분란을 일으키기에는 이득이 없었다.

그의 재능은 이런 단순한 감정싸움으로 골을 만들기에는 너무 아까웠다.

그렇기에 석조경은 그답지 않게 설명을 덧붙였다.

"예상 밖의 상황이 일어났을 때 가장 멍청한 짓이 바로 그렇게 움츠러들어 있는 겁니다."

후퇴한 건 오크.

만약 뭔가 수를 준비하고 있다면, 오크가 그럴 가능성이 크다.

"돌아가는 건 가장 하책입니다. 성과 없이 꼬리를 내리는 격이니. 그렇다고 이 요새에서 기다리고 있자니 오크들이 준비한 수를 그대로 감당해야 하겠지요. 오크들이 판을 짜고 있다면, 우리는 그 판을 뒤틀어야 합니다."

"어떻게요?"

"A-6 요새가 인간 진영의 손아귀에 들어갔다는 소식은 오크와 엘프, 둘 모두에게 전해졌을 겁니다. 지금쯤이면 엘프도 점령할 병력을 준비하고 있겠죠."

물론 그 병력은 하루아침에 뚝딱 만들어지지 않는다.

"A-6 요새를 점령한 우리가 엘프들의 병력이 소집되기 전에 먼저 A-5까지 점령하면 되는 겁니다. 요는, 최대한 빠르게."

석조경의 의도를 가장 먼저 이해한 것은 현혜였다.

—뒤늦게 A-6 요새를 습격한 오크들은 요새가 비었다는 걸 알고 인간 진영의 뒤를 잡기 위해 움직일 테고, 그사이에 A-5 요새를 인간들이 점령하면…….

말이 들리지도 않을 게 분명하건만, 석조경이 현혜의 말을 받듯이 설명했다.

"우리가 점령에 성공하면, 구도는 우리에게 좋아집니다. 성벽을 끼고 수성하는 인간 진영. 그리고 성벽 밖에서 마주친 오크 진영과 엘프 진영. 잘만 유도한다면 둘을 공멸시키고 A-6 진영을 다시 무혈로 입성할 수도 있습니다."

─공멸이 아니더라도 수성을 하는 우리 입장에선 항상 주도권을 잡고 있을 수 있지. 엘프와 오크는 항상 서로 뒤를 견제해야 하니까.

현혜가 감탄했다.

석조경이 태양을 보며 말을 이었다.

"요는 '빠르게'. 이게 가장 중요합니다. 이해했습니까?"

"……이해했습니다."

석조경은 곧바로 다음 공략에 참여할 플레이어들을 불러내고는 브리핑을 시작했다.

"A-5 요새의 벽면은 A-6처럼 염석으로 이루어져 있습니다. 무시하기 어려운 수준의 열기가 끓어오르는 곳이죠. 물론 우리들은 충분히 열기를 견딜 수 있습니다. 직접 닿는 게 아니라면 말이죠."

"따로 고려해야 할 점이 있다는 이야긴가?"

운룡의 말에 석조경이 고개를 끄덕였다.

"바로 그렇습니다. 아마 A-5 요새에는 화염 정령이 있을 겁니다. 등급은…… 정확하지는 않습니다만, 최소 중급. 혹은 상급. 그 이상일 가능성은 극히 낮습니다."

"상급이라니."

"상급일 가능성은 낮겠지?"

"솔직히 중급도 우리 전력으로 밀기 아슬아슬한 거 아니야?"

"정령이 직접 올라탄 '대장급'만 신성들이 해결해 준다면 총 사령관님이 나머지를 쓸어 담을 테니 난 상급도 이길 수 있다고 보긴 하는데……."

잠시 어수선해졌지만, 석조경은 곧 주목을 얻어 냈다.

"하지만 그 화염 정령의 화력은 무조건 상급으로 고정하고 생각해야 합니다."

요단의 화염 마법이 어드밴티지를 받았던 것처럼, 화염 정령 도 지형의 보조를 받을 수 있다.

이야기를 듣던 메시아가 손을 들어 질문했다.

"말씀을 듣자하니 마냥 쉽지는 않을 것 같은데, 엘프들이 게 이트에 증원군을 보내기 전에 끝낼 수 있는 게 확실합니까?"

석조경이 빙긋 웃었다.

"메시아, 제가 아무리 설명해도 당신은 그게 얼마나 타당한 일인지 판단할 수 없습니다. 그렇지 않습니까?"

막 37층에 올라온 애송이 플레이어가 딴지를 걸어 봐야, 결 국 그렇다.

반면 석조경은 확신에 차 있었다.

태양의 무력을 보고 놀란 건 라빈만이 아니었다.

'충분해.'

천문 소속인 운룡의 전력도 파악되어 있고, 파카 역시 이 둘 에 비해 심각하게 떨어지는 수준은 아니라는 것을 알았다.

더불어 방금 그에게 질문한 메시아를 비롯한 태양 일행도, 동층의 플레이어랑 비교하면 압도적인 성장세를 보였다.

"당장 저도 참여하는 작전입니다. 제 목숨. 제가 드릴 수 있는 신뢰는 이 정도군요."

천문은 얼마 전, 운룡의 성장과 땅따먹기 스테이지의 지분을 석조경에게 일임했다.

'성과를 낼 수 있는 환경이 조성됐으면, 당연히 성과를 낸다.'

석조경의 안경이 빛에 반사되어 번뜩였다.

⚜

메이그마란도, A-5 요새.

수백의 엘프가 요새의 능선에 에둘러 서 있었다.

그리고 그 중심에서 거대한 화마(火魔)가 제 혓바닥을 날름거리며 생명체들의 숨을 잡아먹었다.

제사장이 허공에 종이를 던졌다.

때 묻지 않은 순백의 흰 종이는 불에 닿지도 않았건만 허공에서 스스로 타올랐다.

"되었군."

제사장이 손가락을 씹어 피를 냈다.

동시에 의식에 참관하던 수백의 엘프가 동시에 손가락을 씹어 피를 냈다.

주르륵 흘러내린 피는 손가락 끝에 맺히고, 이내 떨어졌다.

뚝.

수백 개의 핏줄기가 바닥을 향해 떨어지고, 바닥에 닿기 전에 기화(氣化)됐다.

치이이이익.

리터 단위의 철분이 실시간으로 기화되며 풍기는 피비린내는 학살의 현장이라도 된 것처럼 잔인한 분위기를 풍겼다.

그 분위기 사이로 맨발의 어린 엘프 하나가 들어섰다.

제전(祭典)의 중심으로.

얇은 천 하나만 걸친, 세상 물정을 이제 막 알아갈 것 같은 미성숙한 개체가 땀에 흠뻑 젖은 채로 흔들림 없이 발걸음을 옮겼다.

단단히 무장한 수백의 성인 엘프가 어린 엘프를 무기질적인 눈으로 내려다보았다.

한 걸음.

두 걸음.

제사장을 지나친 엘프는 망설임 없이 계속 걸었다.

화륵.

다시 한 걸음.

희뿌연 맨발이 시뻘건 불 속으로 내디뎠다.

두 걸음.

이내 화마가 엘프의 몸뚱이를 온전히 잡아먹었다.

화르르르르르!

화마가 몸집을 키웠다.

제사장이 코앞까지 닥친 화마를 또렷이 쳐다보았다.

제사장의 눈동자는 탁한 색깔인 다른 성인 엘프들의 것과 다르게, 화염을 닮은 루비색의 보석안이다.

그는 곧, 정령이 몸을 직접 조종하고 있는 상태를 의미했다.

제사장이 중얼거렸다.

"커다란 전각…… 기둥뿌리가 솟아오른다.. 처참하게 부서지고 뒤틀린다. 일부만…… 전각이 크게 흔들린다……."

꿈틀.

눈썹이 일그러졌다.

점이란 매사 그렇다.

알아보기 어렵다.

점쟁이가 하는 이야기는 항상 두루뭉술하며, 빠져나갈 구석을 많이 만들어 놓는 듯하다.

불의 정령왕의 권능을 빌린 화점(火占)이라도 플람마가 보기에는 그랬다.

"……."

화점.

점이다.

하지만 정확이 표현하자면 미래를 보는 것은 아니었다.

메이그마란도와 같이 불의 기운이 충만한 지역에서만 펼칠

신전
원코인
클리어

수 있는 기술로, 화염의 기운이 닿은 모든 정보를 취합하여 다음의 일을 예측하는 일이다.

그 예측이 한없이 정확하다면 그것은 예언이 될 테지만, 아쉽게도 이번 점괘는 그렇지 못했다.

인간 진영과 오크 진영의 변고에 관한 정보를 명확하게 파악하지 못한 탓이다.

이렇게 불명확한 점괘가 나오는 건 어쩌면 당연한 일이었다.

"후우."

내쉰 한숨에서 불꽃이 흘러나왔다.

그렇다 해도 아예 얻어 낸 게 없는 것은 아니었다.

솟아오른 기둥뿌리가 무엇을 의미하는지는 모르나, 당장 들썩이는 기둥뿌리 하나가 엘프 진영을 들썩이게 만든다는 사실 하나는 확실히 알았다.

"누가 문제지?"

땅따먹기 스테이지에 한해서라면 둘 다 의심스럽다.

갑자기 먼저 움직이기 시작한 오크.

뒤이어 움직이고, 위에서 주의가 내려올 만큼 강력한 신입 플레이어가 나타났다는 인간.

제사장은 고민은 길지 않았다.

길 수 없었다.

이례적으로 요새 능선에 서서 의례에 참여하던 엘프들이 명령 없이 움직이기 시작했기 때문이다.

빠르게 전열을 가다듬는 엘프들.

제사장이 눈을 감자 엘프들의 시야가 공유된다.

"남동 방향. 인간 진영 플레이어들."

오크들에게서 A-6 요새를 훔쳐 낸 인간들이 겁도 없이 A-5 요새에 쳐들어온 모양이었다.

"가만히 기다리면 알아서 죽여 줬을 텐데."

물론 알고 있다.

자신감이 있고, 숨긴 꿍꿍이가 있기 때문에 저렇게 자신감 있게 들어온 거겠지.

하지만 인간 진영의 플레이어들에게는 안타깝게도, 이미 위에선 지원군을 보내기로 했다.

유물, 나이트 홀스의 점유권을 넘겨주면 안 된다는 세 정령왕의 판단하에 지원군 편성은 이미 완료되었다.

또 다른 상급 정령 둘이 43~49층, 해협(海峽) 스테이지에서 복귀하는 즉시 오기로 되어 있다.

다른 말로 하면, 시간만 벌면 저들은 가볍게 죽은 목숨이라는 것이다.

플람마는 요새의 절반을 잡아먹은 화마를 의자 삼아 그 위에 앉았다.

그리고 생각했다.

'그렇다면, 기둥뿌리는 오크겠군.'

멋대로 승리를 점친 불의 상급 정령 플람마는 제사장 엘프의 입을 빌려 소리쳤다.

"살상보다 지역 방어에 치중! 시간 지연에 집중! 목표는 지원군 도착이다!"

수백의 엘프들은 대답하지 않고 움직이기 시작했다.

기분 나쁠 것은 없다.

제사장 엘프의 성대를 찢어 가며 내뱉은 고함은 정신에 접속할 매개일 뿐이다.

무기질적인 표정을 한 수백의 엘프들은 마치 하나의 유기체처럼 움직이며 방어 태세를 갖춰 나갔다.

원거리 카드 스킬 세팅을 마친 엘프들이 더 없이 효율적인 간격으로 도열해 밑을 향해 사격하고, 근접, 난전 세팅의 엘프들은 성벽과 성문 뒤에서 습격을 노리려는 적들의 의도를 사전에 틀어막는다.

일반적인 통념으로 공성이 성공하기 위해서는 수성 병력의 세 배가 필요하다.

플람마의 기감에 따르면 엘프들의 숫자가 인간들의 숫자의 세 배다.

수성 병력이 공성의 세 배인 거다.

"불나방 같은 것들."

엘프들은 플람마가 떠올린 모든 변수 가능성을 직접 몸으로 틀어막았다.

마치 컴퓨터로 유닛을 조정하는 것처럼, 플람마는 엘프 병사들을 표현 그대로 제 수족처럼 다루고 있었다.

그리고 그 수족의 일부가 한순간 뜯어져 나갔다.

콰드드드드득!

화려하지는 않으나, 더 없이 실용적인 칼날의 폭격.

"무슨!"

뜨거운 만큼이나 높은 경도를 자랑하는 염석이 마치 두부 잘리듯 썰려 나가고, 그 위로 수십의 인간들이 타고 넘어온다.

선봉에서 예기(銳氣)를 줄기줄기 퍼뜨리며 나타난 남자.

안경 너머로도 느껴지는 날카로운 눈빛.

땅따먹기 스테이지의 인간 진영 총사령관 석조경을 알아본 플람마의 동공이 붉게 빛났다.

"본진을 포기한 채 움직이고 있었는가!"

인식과 동시에 모든 엘프가 방어진을 포기하고 석조경에게 달려들기 시작했다.

이러면 이야기가 달라진다.

숫자고 뭐고, 최전선을 무리 없이 헤집을 기량의 플레이어와 그에 보조를 맞춰 움직이는 정예 병력은 숫자를 넘어서는 강력함이 있다.

숭고한 희생 : 혈족 계승 - 블러드 익스플로전.

언령(言令) - 정지(停止).

엘프 하나가 망설임 없이 제 심장에 단검을 박고, 나머지 하나는 감당할 수 없는 권능을 행사하고는 칠공에 피가 터진 채

쓰러졌다.

플람마는 석조경을 인식함과 동시에 적어도 40층 대에서 활용할 수 있는 엘프 둘의 목숨을 태웠다.

그리고 그 두 수는.

"크허허허허헝!"

콰드드드드득.

아그리파 투술(Agrifa鬪術) 카인식(Kain式) 변형 제이식(二式) - 천동(遷動).

백호 수인과.

천제지공(天帝之工).

정의행(正義行) 1식 - 통천(通天).

한 무인의 반격에 완벽하게 막혔다.

동시에 뻗어 나오는 또 하나의 검결(劍訣).

시간은 쏜살같이 세월을 가르리.

일견 시(詩)처럼 보이는 석조경의 검이 요새의 중심, 플람마의 목을 노리고 쏘아졌다.

번쩍.

제사장 엘프의 눈에서 불꽃이 튀기고, 깔고 앉은 화마가 더없이 강대한 불의 벽을 만들어 검결을 틀어막았다.

화르르르륵!

예기를 틀어막은 불꽃의 반대편, 즉 플람마의 눈앞에서 시꺼먼 연기가 피어올랐다.

플라마가 깃든 제사장 엘프의 눈썹이 팔(八) 자로 휘었다.

"무슨!"

그 기초는 나무 장작을 태워 피워 올린 불이라지만, 무려 상급 정령의 손을 탄 정화(情火)다.

그것도 메이그마란도의 특성 덕분에 영혼의 절반은 최상의 위를 바라볼 정도의 정령, 플람마가 태워 낸 불이다.

순결한 흰색 연기도 아니고, 탁기(濁氣)가 가득한 검은 연기가 피어난다?

뭔가 이상했다.

그렇게 느낀 시점에는 이미 늦었다.

스모크 매직 : 더스트 게이트(Dust Gate).

연기 사이에서 네 명의 인형이 나타났다.

태양이 자신만만한 표정으로 지껄였다.

"이럴 때 뭐라고 해야 놀라냐? 까꿍?"

"어…… 그거 진짜 별론데."

❈

"확실히 쓸모가 있어."

인간 진영의 총사령관, 석조경은 태양뿐만 아니라 그 일행도 굉장히 고평가했다.

특히 마법사 둘.

풍술사 란과 마법사 살로몬의 연기 마법은 설명만 듣기에도 전술적으로 쓸모를 특정해 낼 수 있을 정도였다.

특히 란의 풍술.

창천 출신의 석조경은 풍술사가 어떤 존재인지 알았다.

곤륜산에서 내려오지 않는, 속세에 초연한 도사들.

그런 존재가 차원 미궁에 들어와 플레이어가 되었다니, 처음엔 놀라웠지만, 풍술의 이야기가 더 놀라웠다.

란의 이야기에 따르면 풍술은 바람의 정령에게까지 간섭할 수 있는 기술이다.

실제로 아라실의 폭풍 정령에 간섭한 사례도 있었다.

그 이야기를 듣는 순간 석조경은 태양과 상관없이 란 역시 키워서 반드시 최전선에 넣어야 한다고 생각했다.

정령에게 직접 영향을 끼칠 수 있는 기술.

그리고 엘프는 본신(本身)이 정령이라고 표현해야 할 정도로 정령에게 지배당하는 종족이다.

당연히 란의 풍술은 엘프를 상대할 때 압도적인 효용성을 발휘할 수밖에 없는 거다.

물론 풍술은 바람에만 해당하고, 바람 정령에게만 그 구속력이 강할지도 모른다는 이야기를 들었을 땐 약간 실망했지만 그게 어딘가.

엘프들을 숙주로 삼아 조종하는 정령의 속성은 대개 4대 속성, 바람, 불, 물, 땅의 속성을 가지고 있다.

모두가 그런 것은 아니지만 그들이 대다수.

4대 속성의 한 축을 이루는 바람에 크게 관여할 수 있다면, 성장만 제대로 시킨다면 이론적으로 란은 엘프의 전력 4분의 1을 무용지물로 만들 수 있는 전략 병기가 될 수도 있다.

그리고 살로몬.

전략을 수립하는 과정에서 살로몬이 소규모지만 공간 이동 마법을 쓸 수 있다는 사실을 알게 되었다.

공간 이동 마법 더스트 게이트.

작금 최전방의 마법사들도 사용하지 못하는 인원이 태반인 압도적인 효율의 전술 마법이다.

그에 석조경은 탄식했다.

"그런 인재가 저기로 갔다니."

물론 창천 출신의 플레이어가 아니었으므로 천문에 가입을 종용하기는 어려웠겠지만…… 아니, 저 정도 인재가 초기부터 발견되었다면 출신을 막론하고 영입에 힘을 썼을 것이다.

솔직히 말하자면, 석조경은 '지금이라도 영입 노려봐야지……'라는 생각을 안 할 수가 없었다.

"그리고…… 태양은 완벽하게 예상대로군."

후와아아아아앙!

일순간 요새 상공의 마나가 죄다 빨려 들어갔다.

석조경조차 감탄을 금치 못할 정도의 압도적인 마나 제어 능력.

퍼억.

화마(火魔)가 가라앉았다.

⚜

[A-5번 요새의 주인이 바뀌었습니다.]

[인간, 석조경이 일주일간 요새의 점유권을 지켜 내는 데 성공하면 엘프 진영의 통합 쉼터 확장이 정지합니다.]

[최전선의 엘프 영역 비무장 지대 점유권 일부가 인간에게 넘어갑니다.]

[A-5번 요새의 보스 몬스터가 10분 후에 리젠됩니다.]

"10분."

온몸에 문신이 가득한 근육덩어리의 오크가 굵직한 목소리로 중얼거렸다.

옆에 있는 아홉 명의 오크가 말없이 등에 찬 무기를 꺼내 들었다.

대검, 대궁(大弓), 전투 망치.

하나 같이 2m를 가볍게 넘어가는 커다란 무기뿐이다.

열 명의 오크.

10개의 거대한 무기.

오크에 대해 아는 플레이라면 오금을 지렸을 장면이다.

10인 전승 부족.

해협 스테이지의 악몽.

르건 즈야르.

쿠궁.

르건 즈야르의 족장, 셀 수 없는 이가 발을 굴렀다.

"보스가 리젠되는 순간 들어간다."

첫 번째 대전사, 변함없는 처음이 보고했다.

"반대편에 엘프들의 기척이 느껴집니다."

"상관없다."

목표는 윤태양.

인간 진영의 샛별이 될 플레이어.

콰드드드득.

그의 오른손에 '손실의 권능'이 감돌았다.

손실.

바르바토스의 권능이다.

───

　　요새를 클리어할 때마다 나타나는 보스는 다섯 종류로 나뉜다.

　　미라클 벤시(Miracle Banshee), 천립(天立) 기사 아모프, 대륙 거북 오라클, 왕의 원념, 대(代) 마왕 병기 M&S 마이스터.

다섯 종류인 이유는 직관적이다.

42층 보스였던 물갈 아귀가 아닌 37~41층 보스가 랜덤으로 등장하는 것이기 때문이다.

"10분 후에 등장이라."

태양이 석조경을 바라봤다.

시(詩)와 같이 아름다운 검결을 그려 내는 검사는 보스를 걱정하지 않아도 된다고 일렀다.

–애초에 걱정할 만큼 어려운 일은 아니야. 지금 여기 모인 전력이 적은 것도 아니고.

"그렇지. 당장 A-6 요새에서도 어렵지 않게 잡았었잖아?"

당장 스테이지의 최종 보스로 나오는 물갈 아귀도 수십 개의 공략법이 도출된 상황이다.

나머지 다섯 보스 역시 다르지 않았다.

아니, 일정한 기간 마다 나타나는 물갈 아귀와는 달리 요새가 탈환될 때마다 한 번씩 나타나니, 공략의 경험치는 오히려 이쪽이 압도적으로 높았다.

한편 석조경은 곳곳이 무너진 A-5 요새를 급히 보수하고, 인원을 배분하는 등 입을 바쁘게 놀리며 한편으로 고민에 빠져들었다.

그가 이렇게 급하게 방어 태세를 갖추는 이유.

석조경은 곧 오크들이 요새를 습격하리라고 예상했다.

인간의 습격을 예측하고 A-6 요새에서 병력을 완전히 빼 버렸던 그들이다.

오크들이 정말 치밀한 설계를 통해 A-6 요새를 재탈환할 계획이었다면 진작 A-6 요새를 습격하고, 빈 요새를 확인했을 것이다.

급하게 움직이느라 흔적을 따로 지우지는 않았으니 그들도 인간 진영의 플레이어들이 A-5 요새로 향했다는 사실을 알 터.

"탐색으로 잡아내지는 못했나?"

"예……. 하지만 곧 잡아내겠습니다."

"아니, 무리할 필요는 없네."

석조경이 격려의 의미로 부관, 육고지의 어깨를 가볍게 쳤다.

"변수는 왜 빈 A-6 요새를 점령하지 않았냐는 건데……."

만약 점령했다면 증강 현실이 나타나 그 사실을 알렸을 터.

그렇게만 되었다면 타임라인이 드러나면서 더 디테일하고 안전하게 앞일을 계획할 수 있었을 터인데, 상황은 그렇지가 않았다.

"목적이 점령, 점유가 아니었다는 걸까요."

상대방의 목표를 명확하게 파악하지 못하면 흐르는 피가 많아진다.

"가설은 많지만 정보가 너무 없어."

"최소한 동선이라도 알았으면……."

하지만 석조경이 할 수 있는 것은 없었다.

신의
원코인
클리어

그가 능동적으로 움직일 수 있을 때 했던 선택은 A-5 요새를 점령하는 것.

석조경은 본인의 무력과 짜임새 있는 전략을 통해 엘프들의 요새를 순식간에 점령하는 데 성공했다.

아무리 요새의 방어 전력이 불의 상급 정령 하나였다지만, 3배의 인원수 차이를 극복하고 단시간에 요새를 점령하는 데 성공한 건 분명 엄청난 성과였다.

하지만 결과는 결과고, 모든 자원은 한정되어 있다.

석조경은 A-5 요새를 습격하는 데 수를 소모했고, 그 대가로 당장 주도권을 잃었다.

전력은 잃지 않았지만, 시간을 잃었으므로.

엘프와 인간이 요새에서 전투하며 수를 소모했을 때, 오크는 아무것도 하지 않았다.

당장 주도권은 오크들에게 있는 것이다.

그다음은 별다른 행동 없이 당하기만 한 엘프들에게 있고.

당장 닥치는 오크, 엘프의 수를 잘 막아 내기만 한다면 이후의 판세는 다시 인간 진영에 주도권이 강력하게 쥐어진다.

'지금만 손실 없이 넘기면 이기는 싸움이다.'

가장 위험한 타이밍은 5분 후.

요새에 보스가 나타날 때.

그 시간을 최대한 깔끔하고 빠르게 넘겨야 한다.

거기까지 생각이 닿은 석조경이 운룡과 태양, 파카. 그리고 천문과 아그리파의 간부 플레이어들을 불러들였다.

"이번 보스. 토벌은 저 혼자 진행합니다."

보스 토벌.

요새를 점령할 때 나오는 보스 몬스터는 요새 중앙에 거대한 아공간을 형성한다.

그 요새에 들어가 보스를 잡으면 성공.

잡는 데 실패하면 아공간이 깨지며 요새에 보스 몬스터가 나타나 깽판을 치게 된다.

플레이어는 강력하지만 시설마저 그런 것은 아니기에, 만약 그렇게 보스 몬스터가 풀려나면 점령한 플레이어 입장에서는 요새의 보수에 골머리를 썩일 수밖에 없게 된다.

물론 고이고 고인 이 시점에 그런 대참사는 거의 일어나지 않았다.

석조경의 의견에 가장 먼저 반발한 건 태양이었다.

"당신 혼자? 업적은 어쩌고?"

당장 스테이지를 오르고 있는 파카, 운룡, 태양과 그 일행에게 요새 점령 시 나타나는 보스는 좋은 업적 수집처다.

당연한 반발.

당연히 그에 대한 대처까지 생각해 놓았다.

석조경은 흔들리지 않고 곧장 대답했다.

"A-6에서 후퇴한 오크들이 높은 확률로 보스 토벌 시에 작업을 치러 올 겁니다. 당연히 그들은 괴수보다 강하고, 그들과 전

신컨의
원코인
클리어

투하는 게 업적 측면에서는 압도적으로 유리합니다."

이종족과의 대전에서 유의미한 전공을 쌓을 수만 있다면 요새에 나타나는 보스를 레이드 하는 것보다 효율적이라는 건 분명한 사실이었다.

물론, 유의미한 전공을 쌓을 수 있느냐가 중요하지만.

"오면 자신 있긴 한데…… 만약에 오크 놈들이 오지 않을 경우는요?"

"오지 않으면 17분 52초 기점으로 후발 진입하시면 됩니다. 보스가 왕의 원념이 아니라면 나머지 네 보스 모두 30초 전후로 회복 페이즈를 유도할 수 있습니다. 완전히 회복한 보스를 상대하면 업적 손실은 없을 겁니다. 다만 제가 드릴 수 있는 시간은 17분 52초부터 18분까지입니다."

유예기간이 8초인 이유는 간단하다.

18분은 요새의 보스를 가장 빨리 잡는 최적의 타이밍이기 때문이다.

-와, 고인물 업적 시팅…….

현혜가 감탄하는 사이 천문의 간부, 육고지가 물었다.

"위험하지 않습니까? 총사령관님께서 들어가 계신 사이 전투가 벌어지면 사실상 지휘 결정권자 없이 전투에 들어가게 되는 건데……."

"시간만 끄는 겁니다. 그리고 제가 할 수 있는 전술적 명령은 고지. 당신도 할 수 있지 않습니까?"

육고지가 고개를 숙였다.

석조경이 문부겸비의 인재라면, 육고지는 오로지 지략에만 치중한 플레이어였다.

뛰어난 계산과 훌륭한 전술적 판단으로 부족한 무력을 보완하며 차원 미궁을 오른 플레이어.

그 능력은 S등급 클랜인 창천에서도 인정받을 정도였지만, 결국 무력의 부족은 그를 최전방에 서지 못하게 만들었다.

"제 생각에 습격은 거의 무조건 있습니다. 버티기만 하십시오."

말과 동시에 요새 중앙에 아공간이 생겨났다.

석조경은 망설임 없이 아공간에 몸을 던졌다.

⁂

"후욱, 후욱."

10인 전승 부족, 르건 즈야르의 족장 셀 수 없는 이의 두 눈이 새빨갛게 불탔다.

불 정령 특유의 루비색과는 다른, 사냥의 맹세가 깃든 두 눈은 같은 빨간 계열이지만 보석보다는 선혈에 더 가깝다.

적안(赤眼)이 사냥감의 행보를 추적한다.

"들어갔군."

가장 거대한 에너지가 아공간 너머로 사라졌다.

요새 성벽 밑, 기척을 죽이고 누워 있던 10인의 전사들이 일어났다.

셀 수 없는 이가 성벽 앞에 섰다.

요새의 동남 방향.

석조경의 칼날이 요새를 반쯤 파헤쳐 놓았던 바로 그 구간.

채 보강이 되어 있지 않은 부분을 마술처럼 찾아낸 셀 수 없는 이가 제 도끼를 힘껏 쳐들었다.

"크어어어어어어어어어!"

강격.

불끈 솟아오른 근육.

뼈와 근육으로 이루어진 생명체가 낼 수 있는 한계치에 도달한 일격은 별다른 기술이 없음에도 불구하고 스킬화라는 업적을 이뤄 냈다.

콰아아아아아앙!

마치 폭탄이라도 터진 것처럼 성벽 일부가 그대로 반파된다.

9명의 전사가 그 통로를 비집고 들어갔다.

"그아아아아아아!"

"찢어 죽여라!"

"습격! 습격이다!"

"오크 부대의 습격이다!"

전사의 함성과 피식자의 경계 외침이 섞여 들어가고, 이내 셀 수 없는 이의 눈동자와 같은 선혈이 비처럼 흘러내렸다.

당연하지만 그 붉은 액체는 온전히 인간들의 것이었다.

"변함없는 처음이여!"

"그아아아아!"

전사는 제 상대를 본능적으로 깨닫는다.

르건 즈야르의 자랑스러운 첫째는 곧장 자신의 상대를 찾았다.

자유분방한 옷차림.

풀어 헤친 도복에 한 자루 검만을 쥔 남자.

운룡이다.

"크아아아아아!"

고함.

오크의 기백은 기술이 담기지 않아도 그 자체로 스킬이다.

압도적인 에너지가 사위를 휘감았다.

다른 이들도 마찬가지였다.

둘째가 백호 수인 파카를, 셋째가 아그리파의 책임자 샬롯을 맡았다.

다섯째는 메시아와 천문의 간부를.

그리고 나머지는 양떼를 헤집는 늑대처럼 인간 진영 플레이어의 진영을 헤집었다.

일당백의 전사들은 수백의 플레이어 무리를 효율적으로 찢었다.

"후욱."

셀 수 없는 이의 붉은 눈이 한 남자를 찾았다.

남자도 셀 수 없는 이를 바라보고 있었다.

"큭."

전사는 상대를 알아본다.

남자가 자신을 알아보고 있다는 이야기는, 그 역시 상대를 알아봤다는 이야기다.

"즐겁겠구나."

두근.

심장이 뛰었다.

반대편에서 용(龍)의 마력이 역동적으로 꿈틀거렸다.

꽈드드드득.

손 때 묻은 도끼 자루가 기분 좋은 비명을 지르고, 탄력적인 허벅지 근육이 펌핑했다.

─※─

"크어어어어!"

온몸에 문신을 박아 넣고, 약이라도 한 듯 두 눈이 새빨간 오크 전사.

태양은 본능적으로 깨달았다.

저놈이 무리의 대장이고.

쿠웅.

탐색전은 없다.

[머신 PUNMFV-3000 활성화]
[마나를 소모하여 근력, 맷집, 민첩 중 하나의 시너지를 선택해 시너지의 등급을 한 단계 높입니다.]
[맷집의 시너지가 '6'으로 조정됩니다.]
[스톰브링어(Storm Bringer) : 폭풍 소환(暴風 召喚)]
[폭풍의 정령 군주 아라실이 플레이어 윤태양의 신체에 임합니다.]

-자주 부르는군.
"분위기 보니까, 이제 더 자주 부를 거 같은데, 불만 있어?"
-있을 리가.
아라실의 듣기 싫은 목소리가 웃음기를 머금었다.
콰드드득.
강하게 찍어 낸 초월 진각이 바닥에 깔린 염석에 균열을 만들어 냈다.
'훅-' 하고 올라오는 열기와 함께 회로를 탄 마나가 탄력적으로 발끝에 모였다.
초월 진각 – 염라각(閻羅脚).
쩌어엉!
전사가 휘두른 도끼에 태양의 몸이 튕겨 나갔다.
태양이 인상을 구겼다.

신전의
원 코인
클리어

'무거워.'

무겁고, 이질적이다.

권능 - 손실.

태양의 감각이 틀리지 않았다면 분명 에너지의 총량 자체는 태양 쪽이 높았다.

도끼에 닿는 순간, 태양이 뿜어낸 마나 전반이 스러졌다.

분명 한 올, 한 올 제어하고 있었건만, 고운 모래가 손가락 사이로 흘러가듯 부드럽게 사라지는 감각.

거기에 오크의 도끼에는 보이는 것 이상의 힘이 깃들어 있었다.

"생긴 거랑 다르네. 비겁해."

보이는 것보다 강하고, 보이는 것 밑에 무언가가 있다.

단탈리안이 내준 신성이 없었다면 뻗은 오른발이 그대로 잘려 나갈 뻔했다.

셀 수 없는 자가 비죽 웃었다.

"비겁하다라. 전장을 모르는군."

"뭐?"

"살아남는 자가 강한 거다."

"뭐래. 그럼 바퀴벌레가 세계 최강이냐?"

"바퀴? 무슨 말을 하는지 모르겠군. 사실 궁금하지도 않다. 내가 궁금한 건 그 머리를 쪼갰을 때 어떤 예술적인 혈흔의 곡선이 나타날지 뿐이다."

"쯧. 혓바닥이 길어지는 걸 보니까 쪽팔린 건 알고 있구나?
진짜 별로다. 피부색으로 사람을 구분 짓긴 싫은데, 혹시 녹색
친구들은 다 너 같아?"

태양은 묻는 동시에 쏘아져 나갔다.

말하는 도중에 공격하는 건 비겁하지만, 흠. 저쪽에서 먼저
그렇게 나왔으니 상관없잖아?

[신룡화(神龍化)]

[플레이어 윤태양의 근육이 마왕 발록의 능력치를 얻습니다.]

신룡화.

마나 손실도 그렇고, 발록의 신체를 소환하면 나머지 부분
이 부하를 받아서 태양으로서도 자주 사용하긴 부담스러운 기
술이다.

하지만 어쩔 수 없다.

권능에는 권능으로.

급이 맞는 기술을 꺼내 들어야 상대할 수 없다는 이야기는
현혜, 단탈리안, 다른 플레이어들이 입 모아서 한 이야기다.

'오히려 좋아.'

이렇게 빨리 만나게 될지는 몰랐지만, 어차피 만나야 될 상
대라면 일찍 만나는 것도 나쁘지 않다.

콰드득.

다시 한번 태양의 발이 염석을 찍어 내렸다.

※

36층 이후의 스테이지에는 담당 마왕이 없다.

아니, 정확히 표현하자면 있었는데 6층 단위로 통합되는 과정에서 없어졌다.

두 마왕 중 한 명이 해당 스테이지를 담당한다는 이야기는, 나머지 한 마왕이 포기해야 한다는 이야기와 일맥상통한다.

마왕끼리의 경쟁을 부추길 바에는 아예 담당자를 없애 버리는 선택을 한 것이다.

그렇기에 땅따먹기 스테이지의 관람은 자유로웠다.

남의 영역에 들어와서 보는 게 아니라, 문화회관에 들어서는 느낌이라고나 할까.

반쯤 헐벗은 여성 천사의 형상을 한 마왕.

벨리알이 팔짱을 낀 채 중얼거렸다.

"흐응. 단탈리안, 너무 자주 보이는 거 아니에요?"

"무슨 말씀이십니까?"

"그냥, 그런 소문이 있거든요. 당신이 맡은 스테이지 확인은 하고 따라다니는 거냐고. 뭐, 그동안이랑 너무 다르시니까."

단탈리안이 웃는 낯으로 대답했다.

"벨리알, 당신 일이나 신경 쓰세요. 저는 잘하고 있습니다."

"다른 마왕들이 벼르고 있다는 얘기였어요. 혀끝에 날이 서 있는 걸 보니 당신도 알고는 있었네요."

벨리알이 속상하다는 듯 짐짓 어깨를 으쓱였다.

"그나저나 신성을 넘겼다던데."

"네. 넘겼죠."

"괜찮은 거예요? 다른 마왕들이 가만히 있지 않을 거예요. 오크, 엘프 진영에서 지휘를 무시하고 태양을 노리는 플레이어들이 많을 거고, 심지어 인간 진영에서 뒤통수를 칠 가능성도 무시할 수 없을 텐데."

"압니다."

단탈리안은 딱히 말을 덧붙이지 않았다.

그 모습을 본 벨리알이 입술을 삐죽였다.

"알면, 어떻게 할 건지 좀 알려 주면 덧나요?"

"모르고 봐야 재미있지 않겠습니까?"

"하긴. 그건 그렇죠."

벨리알의 걱정은 '아직'은 시기상조다.

상층의 플레이어들은 윤태양의 기량이 어느 정도인지 확신하지 못했으므로.

할 만하다는 판단이 들면 미친 듯이 덤벼들겠지.

'그 전에 신성의 쓸모를 발견해 내야 할 겁니다.'

물론 발견할 거다.

바르바토스의 대전사, 셀 수 없는 이를 만났으니.

단탈리안이 히죽 웃었다.

신성의 쓸모.

딱히 태양에게 설명하지는 않았다.

혹시나 일이 잘못됐을 때를 대비해야 했기 때문이다.

그리고 지금부터 태양이 알게 될 신성의 쓸모는, 표면적으로는 단탈리안도 '모르고 있어야 할' 기능이다.

⚜

"크아아아아아!"

"빠져! 빠져!"

"힐러! 힐러 없어? 내 팔이!"

아수라장.

A-5 요새의 성벽을 이보다 더 잘 표현할 수는 없었다.

수많은 선혈이 흩뿌려지고, 벽면에 닿는 즉시 기화된다.

역겨운 피비린내는 이미 코를 마비시켜 인식하지 못할 정도가 되었다.

열기와 비명이 정신을 다방면으로 공격하는 가운데, 도끼 한자루가 떨어졌다.

태양이 몸을 날렸다.

콰아아아앙!

마치 폭탄이라도 떨어진 듯, 요새 바닥에 크레이터가 생겨났다.

"무식하기는!"

까다롭기 그지없다.

크레이터를 일으킬 정도로 강력한 완력도 문제지만, 이렇게 큰 동작으로 피하지 않으면 귀신같이 따라붙는 것이, 기술 자체도 무시할 수가 없었다.

전장에서 본능적으로 체득한 것인지, 수련을 통해 쌓아 낸 것인지는 모르겠지만. 그렇다고 정면에서 맞부딪치자니 '손실의 권능'이 발목을 잡는다.

"언제까지 도망만 다닐 거냐! 쥐새끼같이 살아남을 바엔 차라리 그 머리가 쪼개진 채 전사로서 죽어라!"

오크, 셀 수 없는 이가 포효를 내질렀다.

"까고 있네."

포효를 내지르는 사이 접근한 태양이 그대로 놈의 복부에 주먹을 꽂아 넣었다.

퍼억.

손맛이 좋지 않다.

충격량이 '손실'된 게 느껴졌다.

"크흡!"

놈의 입가에서 피가 번져 나오지만, 만족스럽지 않다.

무려 신룡화를 통해 강화한 신체로 먹인 일격이다.

정말로 선택해야 할 시간이 와간다.

2개의 드래곤 하트에서 맥동하는 마력이 약해진다.

놈이 권능을 얼마나 유지할 수 있는지는 모르는 반면, 태양의 신룡화는 곧 있으면 끝난다는 이야기다.

'작은 기술로는 안 돼.'

진각을 밟든, 무공을 통하든.

큰 기술을 사용해야 한다.

문제는 놈이 그것을 순순히 당해 줄 것이냐.

머릿속으로 가능성을 재던 태양이 저도 모르게 픽 웃었다.

'언제부터 그런 걸 생각했다고.'

순순히 당해 줄 것이냐를 고민하는 건 멍청한 짓이다.

당하게 만들어야지.

빨리 감기 – 신체를 가속한다. (쿨타임 12시간).

똑딱똑딱.

[위대한 기계장치(The Greatest Machinery)의 태엽이 빠르게 감깁니다. (쿨타임 12시간)]

[플레이어 윤태양에게 빨리 감기 3단계 버프가 부여됩니다.]

태양이 회중시계를 만짐과 동시에 오크 전사의 문신이 푸른색으로 빛나기 시작했다.

동시에 승부수를 띄운 거다.

쿠웅.

초월진각.

이제는 본능의 영역에서 튀어나온다.

태양의 걸음을 본 오크 전사가 도끼 자루를 고쳐 잡았다.

발끝의 방향.

어깨 근육의 뒤틀림.

시선.

그리고 짧은 시간 동안 보였던 놈의 전투 패턴.

동작마다 나타나는 오크 전사의 반응을 토대로 태양이 반응했다.

염라각에서 선풍권으로.

선풍권에서 스타버스트 하이킥으로.

태양의 입가가 호선을 그렸다.

'미쳤군.'

일 초를 수십 단위로 쪼갠 시간 안에서 바꿔 대는 선택이다.

눈앞의 오크 전사, 셀 수 없는 이는 태양이 선택지를 바꿀 때마다 그것을 반응하고 있었다.

'기술적인 측면으로만 보면…… 발락보다 위인가?'

이쯤 되면 발락이 어이가 없다.

오크만도 못한 기술이라니.

물론 이해가 안 가는 건 아니다.

발락은 본래 용이고, 육체적 전투 기술만큼이나 마력, 권능을 사용한 전투에 익숙한 존재다.

신컨의
원코인
클리어

심지어 인간 폼이 아니라 본체 상태로 전투했다면 그때와 달랐겠지.

짧은 상념 중에도 태양의 눈은 오크 전사를 관찰하고, 몸은 생각을 담아냈다.

천굉에서 지폭으로, 지폭에서 초월진각, 승룡권으로.

다시 통천으로.

최적의 선택지를 찾아 호쾌하게 한 대 꽂아 버리고 싶은데, 영 빈틈을 내놓지 않았다.

결국 내놓은 결론은 만족스럽지 않다.

'한 대 맞자.'

살을 주고 뼈를 취한다.

저 손실의 권능이 아무리 강력하다 한들, 같은 권능인 신룡화에는 영향을 끼치지 못한다.

놈의 일격은 무겁겠지만 발락의 근육이 보정하는 신체 내구력은 한 대 정도는 버티리라.

"난 버틸 수 있는데, 넌 어떤지 보자고."

으득.

이제까지 해 왔던 빌드업을 치우고, 기수식을 취했다.

오크 전사가 눈을 번뜩였다.

쿠드득— 쿠드득—.

마나가 회로를 역방향으로 내달렸다.

심장에서 손끝으로가 아닌, 손끝에서 심장으로.

이제껏 탄력적으로 마나를 발사하던 회로에 마나가 들어가고, 포용력 있게 마나를 내뱉어 내던 회로는 뱉은 마나를 다시 머금었다.

심장에서 생산된 에너지가 아니라, 신체 외부의 것이 신체를 헤집기 시작했다.

앞에 선 오크 전사의 도끼에 검정색 기운이 넘실거렸다.

태양의 다리는 여전히 굳건하게 바닥에 꽂혀 있었고, 그로 피할 생각이 없다는 의도가 전해지자 승리를 예감한 오크 전사의 입꼬리가 들썩였다.

"멍청하구나!"

손실의 권능은 마나를 흩어 냈다.

아무리 강력한 기운이 실렸다 한들, 도끼에 닿는 순간 흩어지는 것이다.

강격.

다시 한번, 도끼가 태양을 내리찍었다.

쾌감에 찬 오크 전사의 눈동자가 당혹으로 물드는 데에는 오랜 시간이 걸리지 않았다.

퍼어억.

도끼가 어깨를 그대로 내리찍었다.

정수리를 일직선으로 그어 온 도끼였는데, 최후의 순간 필사적으로 몸을 비틀어 비껴 냈다.

울컥.

뭐라고 말하기도 전에 피가 흠뻑 뿜어져 나왔다.

동시에 태양이 주먹을 뻗었다.

오크 전사, 셀 수 없는 이의 얼굴이 일그러졌다.

"미친놈!"

역천지공(逆天之工) - 파천(破天).

쿠구구궁.

하늘이 무너지는 소리와 함께 오크 전사의 흉부가 터져 나갔다.

"크허어어억!"

셀 수 없는 이가 뚫린 가슴을 부여잡은 채 뒷걸음질 쳤다.

태양이 흐릿해지려는 정신을 간신히 부여잡고 비죽 웃었다.

"안 죽어? 지독하네."

셀 수 없는 이가 소리쳤다.

"무슨 짓을 한 거냐! 지금 내게…… 그으으으!"

그렇게 아팠나.

하긴 아팠지.

히죽 웃던 태양의 표정에도 곧 변화가 생겼다.

"뭐지?"

셀 수 없는 이가 이내 비명을 지르기 시작했다.

필사적으로 정신을 차린 태양이 오크 전사의 뚫린 흉부를 바라봤다.

검정색 연기가 흘러나오고 있다.

아니, 마치 줄처럼 어디론가 흐르고 있었다.

그 연기는 태양의 주먹에 수렴하고 있었다.

"저게 무슨……."

벨리알이 놀라서 단탈리안을 바라봤다.

벨리알뿐이 아니었다.

반대편에서 스테이지를 관람하고 있던 바르바토스.

그리고 그저 재미로 와 있던 다른 마왕들 역시 놀란 얼굴로
단탈리안을 바라보고 있었다.

"신성이 권능을 흡수하고 있어."

"……그러게요. 몰랐습니다."

벨리알은 말문이 막힌 채로 짐짓 놀란 표정을 지은 단탈리
안을 바라봤다.

정말로 몰랐을까?

알았다고 추궁할 수는 없었다.

당장 자신도 몰랐던 사실 아닌가.

아무리 단탈리안의 심계가 깊다지만, 제 존재의 근간이 영혼
을 떡 주무르듯 가지고 놀며 실험했을 거라는 생각은 하기 어려
웠다.

"신성에 저런 기능이 있었다니…… 지금은 또 멈췄군요."

"단탈리안."

"듣고 있습니다, 벨리알."

"신성. 어, 회수해야 하지 않겠어?"

신성을 가진 존재는 다른 신성을 가진 존재에게 타격을 입힐 수 있다.

태양이 단탈리안의 신성을 받았을 때 많은 마왕이 그를 주목했던 이유였다.

그런데 여기에 더해, 그 신성이 성장하기까지 한다?

그게 가능한지 몰랐다.

그런 사례는 없었다.

하지만 윤태양이 보여 준 기량과 현재 나타난 결과는 성장이 가능하다고 이야기하고 있었다.

비약하자면, 새로운 마왕이 하나 더 탄생할 수 있다는 뜻이다.

사자와 호랑이는 치타나 늑대와 같은 2위 포식자의 새끼를 추격하여 물어 죽인다.

나무도 자신의 영역을 방어하기 위해 더 높게 가지를 뽑아낸다.

모든 생명체는 자신의 영역을 침범하는 잠재적 경쟁자를 달갑게 여기지 않았다.

마왕 역시 마찬가지다.

"사태가 생각 이상으로 커지는 거 같은데."

벨리알이 단탈리안을 바라봤다.

아니, 공간 안의 모든 마왕이 단탈리안을 바라봤다.

태양이 제 오른손을 바라봤다.

그리고 오크 전사, 셀 수 없는 이를 바라봤다.

잠깐 연결되어 있던 검은색 연기 줄기는 어느새 끊어져 있었다. 하지만 감각은 명백히 남아 있었다.

가슴팍에서 새어 들어오는 '무언가'.

마나랑은 명백히 다른, 미지의 에너지였다.

태양이 눈살을 찌푸렸다.

분명 뭔가 달라지고 있건만, 뭐가 달라졌는지 모르겠다.

"피곤해서 그런가……."

어느새 신룡화를 비롯해 나머지 버프는 모두 꺼진 지 오래다.

항상 힘차게 맥동하며 마나를 불어넣던 드래곤 하트의 박동도 미약해졌다.

앞에서 비틀거리는 오크 전사가 흐릿해지고, 시끄럽기 그지 없는 전장의 소리가 이명처럼 멀어졌다.

오크가 습격한 10분 사이에 전경은 어둑해졌다.

애초에 이 시간대를 노렸던 걸까.

아침과 낮에 엘프들의 요새를 점령하고, 뒤이어 오크들이 다시 요새를 습격했다.

산술적으로 하루가 가기에는 충분한 시간이었다.

몇몇 플레이어가 태양을 지나쳐 셀 수 없는 이에게 달려들었다.

"위험할 텐데."

셀 수 없는 이는 상층에서도 유명한 오크다.

잡는 데 성공한다면 업적은 물론, 죽이고 나서 얻을 수 있는 카드 슬롯과 장비, 잡았다는 부산물까지 따라오니 욕심에 눈이 멀 만도 하다.

퍼억.

도끼에 한 플레이어의 머리가 수박처럼 깨져 나갔다.

가슴이 꿰뚫린 부상을 당하고도 저 정도의 무위를 보일 수 있다니.

태양이 혀를 내두르며 감탄했다.

현혜의 목소리가 떨리는 목소리로 태양에게 말했다.

─……부상 먼저 치료해야 해.

"알아."

─일단 후방으로 가자. 마리아나 수도회 주둔지 기억나?

부상 입은 태양은 몇 번이고 봤지만, 볼 때마다 불안했다.

"이 정도면 할 거 다 했겠지? 이제 곧 석조경 씨도 나타날 테고……."

숨통을 끊어 놓지 못한 건 아쉽지만, 전황은 그래 보였다.

10인의 오크들은 각자 인간들을 뿌리치고 하나 둘 요새를 탈출하고 있었다.

10분 만에 기백의 목숨을 앗아 간 오크 전사들은 전황을 파악하고 곧장 몸을 빼고 있었다.

 석조경은 자신이 20분가량 없는 것 정도는 괜찮다고 생각했으나, 놈들은 정확히 그 시간대를 노리고 들어왔다.

"철저하네."

여하간, 상황은 끝처럼 보였다.

그 생각과 동시에 사위가 밝아졌다.

화르르르륵.

일순간 태양이라고 착각할 만한 거대한 불꽃이 나타났다.

"어라?"

태양이 놀라서 허공을 바라봤다.

마나의 유동이 거의 느껴지지 않을 정도였다.

그리고 곧 더 놀랐다.

─어? 어?

─저게 왜 오냐?

잦아들었던 비명이 다시금 터져 나오기 시작했다.

"엘프! 엘프다!"

석조경은, 아직도 나오지 않았다.

20분이 더럽게 길었다.

르건 즈야르는 10인 전승 부족이다.

하지만 르건 즈야르라는 부족 안에는 정확히 열 명의 오크만 있는 게 아니다.

오크들의 쉼터에는 르건 즈야르 소속의 전사가 아닌 오크들이 쉬고 있다.

다만 그들은 전사가 아닐 뿐.

다른 부족에게는 생소한 개념이다.

르건 즈야르는 일반적인 오크의 경향을 따르지 않기 때문이다.

오크들은 부족이라는 연대에 강하게 결속되는 경향이 있다.

그렇기에 같은 종족이라고 하기엔 부족마다 너무나 다른 문화가 자리 잡은 경우도 많다.

산에 사는 부족과 바다에 사는 부족의 문화는 말도 안 되게 다르다.

들에 사는 부족과 강에 사는 부족의 문화는 밖에서 보기엔 비슷해 보일지 몰라도 그들은 서로를 이해하지 못한다.

하지만 한 가지 공통점이 있다.

부족의 연대를 가장 중요하게 생각하는 주제에, 오크들의 사회에 '전체주의'란 없다.

눈앞의 친구나 가족을 위해 목숨을 바치는 오크는 있을지언정, 부족을 위해 목숨을 바치는 오크는 없다는 이야기다.

셀 수 없는 이는 그것이 참 신기했다.

사는 곳이 다르고, 오크가 다르고, 역사가 다르다.

문화적으로 절대로 접점이 없고, 선조의 선조도 서로를 모를 것만 같은데 모든 오크가 위에 해당하는 특징을 지니고 있다.

누가 가르쳐 주지도 않았는데 동일한 요소를 '금기'라고 생각하고, 어기면 배척한다.

전체주의.

집단의 존속을 개인보다 우선시하는 일.

르건 즈야르는 아마도, 오크 중에서 처음으로 그 금기를 깬 집단일 것이다.

"쿨럭."

가슴이 뚫려 나간 셀 수 없는 이의 입가에서 피거품이 묻어 나왔다.

위에서 두 정령의 기척이 느껴진다.

"공적을…… 빼앗……기게 생겼군."

간신히 읊조리는 셀 수 없는 이.

첫째 전사, 변함없는 처음이 그의 입을 틀어막았다.

"숨이 셉니다."

알고 있다.

경지에 이른 오크는 트롤 이상의 재생력을 가진다.

태양이 뻗어 낸 역천의 주먹은 그런 재생력을 무용지물로 만들었다.

재생력에 관여한 게 아니다.

너무 완벽히 파괴해 버려서 재생조차 안 되는 거다.

모르는 이가 봤다면 권능이 아닌가 착각할 정도로 정교하고 파멸적인 기술.

실제로 권능의 재료가 될 기술을 체득해 펼쳤으니 그런 착각이 말도 안 되는 건 아니지만, 오크들이 알 리는 없었다.

여하간, 결과는 확실하다.

가만히 기다리고 있으면 목숨 줄은 끊어진다.

'방심했어.'

솔직히 그렇다.

막 37층에 진입한 플레이어가 그렇게 강할 줄은 몰랐다.

강할 거라고 대비했지만, 그 대비 이상의 강함.

정말로 말도 안 된다.

셀 수 없는 이의 눈가에서 피눈물이 새어 나왔다.

종에 각인된 본능에서부터 일어나는 거부반응이다.

셀 수 없는 이의 몸이 경련하지만, 변함없는 처음은 굳건한 손짓으로 셀 수 없는 이를 고정했다.

그 역시 힘들게 분명하건만, 표정에는 일말의 미동조차 없다.

"흔들리는 고양이 꼬리."

"예."

아홉 번째 전사가 결연한 얼굴로 다가왔다.

그리고 시체가 되어 가는 셀 수 없는 이의 앞에 서서, 거대한 대검을 꺼내 들었다.

꿀꺽.

말은 필요 없었다.

흔들리는 고양이 꼬리가 대검으로 제 목을 치는 순간.

동시에 변함없는 처음의 도끼가 셀 수 없는 이의 목을 잘랐다.

퍼억.

A-5 요새 성벽 아래, 2개의 소음이 마치 하나처럼 겹친다.

비교적 멀쩡한 아홉 번째 전사의 몸뚱이가 땅에 엎어진다.

정확히 셀 수 없는 이의 머리와 이어지는 위치.

변함없는 처음이 셀 수 없는 이의 잘린 머리를 돌려 그 몸에 이어 붙였다.

"쿨럭."

셀 수 없는 이가 기침했다.

죽은 피가 식도를 통해 빠져나오고, 머리에 새겨진 문신이 마치 뿌리를 내리듯 새로운 몸에 자리 잡았다.

셀 수 없는 이가 입가를 훔쳤다.

손등에 걸쭉한 피가 흥건하게 묻어났다.

아홉 번째 전사, 흔들리는 고양이 꼬리의 원념이라도 되는 양 끈적이고 질척거리는 혈액.

신컨의
원코인
클리어

셀 수 없는 이는 아주 잠깐, 상념에 빠졌다.

가장 재능 있는 전사라는 이유만으로 죽지 못하고 부족을 위해 영원히 희생하는 삶.

봉사하는 삶.

언제까지 이런 삶을 살아야 하는가.

누구는 영생을 산다고 부러워하겠지.

누구는 그 무엇과도 바꿀 수 없는 영광이라며 시기하겠지.

하지만 셀 수 없는 이는 지쳤다.

고통스럽고, 힘들다.

그렇지만 자리에서 일어난 셀 수 없는 이는 속내는 속에 쌓고, 담담한 얼굴로 중얼거렸다.

"돌아가서 성인식을 치러야겠구나."

끝없는 희생을 추모해 줄 이는 어디에도 없다.

흔들리는 고양이 꼬리의 추모는 피눈물로 끝냈다.

그렇다면 남은 건, 부족의 부흥.

그리고 목숨이 아깝지 않은 아홉 전사.

"움직이지."

정비를 마친 여덟 전사가 셀 수 없는 이의 뒤에 섰다.

변함없는 처음이 도끼를 꺼내 들고, 나머지 전사들 역시 따라 했다.

"권능을 더 얻기 위해선 엘프들이 죽여선 안 되지."

셀 수 없는 이는 바르바토스를 만나야 했다.

바르바토스는 르건 즈야르가 윤태양의 목숨을 취했을 때 권능을 내리겠다고 약속했다.

셀 수 없는 이는 이번 일로 바르바토스를 만나서 권능도 받고, 이상이 생긴 손실의 권능에 대해서도 물을 생각이었다.

거기에 더해 갑작스러운 능력 저하 때문에 일에 차질이 생겼으니, 이에 대한 보상까지 받아 낼 작정이었다.

콰드득.

셀 수 없는 이가 대검을 집어 들었다.

화르르르르륵.

"쿨럭."

태양은 열기로 혼미해진 정신을 간신히 부여잡았다.

부상으로 인한 통증.

권능 사용으로 인한 후폭풍.

대놓고 마나 회로에 무리를 줘 출력을 올리는 무공, 역천지공.

거기에 각종 버프 덕분에 오버클럭된 신체까지.

성능 좋은 스킬이 많아질수록 태양의 신체가 져야 할 부담은 많았다.

이건 예전, 드래곤 하트를 얻고 나서 현혜가 걱정했던 문제이기도 했다.

압도적인 업적 페이스로 그것을 감당해 왔고, 실제로 그 이후 거의 문제시되지 않았었지만 이렇게 전투 중 큰 부상을 입고 거기에 신룡화라는 마왕의 권능까지 사용해 버리니 문제가 다시 수면 위로 올라왔다.

여기에 더해 불의 상급 정령과 바람의 상급 정령이 합작한 인공 태양이 요새 위를 거의 반 지옥으로 만들어 버렸으니, 태양이 정신을 차리지 못하는 이유가 따로 있는 것이 아니다.

그렇지 않아도 뜨겁기 그지없는 A-5 요새 상공에 또 하나의 태양.

"크허허허허허헝!"

부상을 입지 않은 파카와 운룡이 충분히 활약을 해주고 있어서 다행히 정령들에게 치이고 있지는 않았지만, 문제는 다른 엘프들이었다.

하이퍼 드래곤 블로(Hyper Dragon Blow).

뻐억.

90도로 접힌 채 구석으로 처박힌 엘프.

그 뒤로 무표정한 엘프 다섯이 추가로 태양에게 덤벼들었다.

란과 살로몬, 메시아가 그들을 막아서지만 36층을 클리어해 온 플레이어가 제 목숨과 태양의 생채기를 맞바꾸려 하니 저지할 수가 없다.

콰득.

기어코 세 플레이어의 집단 포화를 뚫어 낸 엘프 하나가 태
양에게 칼집을 내는 데 성공했다.

그나마 온전한 오른 어깨 부근.

–지독하다.
–무슨 안드로이드 같네;;
–진짜 꿈에 나올 것 같아...
–윤태양 ㅈㄴ 아파 보인다. ㅜㅜ.

부상을 치료하고 싶었지만, 이런 상황에선 당연히 어림도 없
는 소리였다.

으득.

이를 간 태양이 다시 한번 자리를 이동했다.

이유는 모르겠지만, 엘프들은 노골적으로 태양을 노렸다.

그것도 자신의 목숨을 연료로 해 가면서.

'자존심이 상하지만, 이럴 정면에서 맞붙어 주지 말고 살살
피하는 게 상책이다.'라고 생각한 순간.

"크아아아아아아아!"

콰아아아아아앙!

강격.

성벽 일부가 터져 나갔다.

흙먼지 안에서 나타난 건, 근육질에 초록색 피부를 한 아홉

명의 전사.

거대한 대검을 어깨에 들쳐 멘 오크를 확인한 태양의 얼굴이 일그러졌다.

"회복해 왔네, 염병."

어째서 도끼가 아니라 대검을 들고 있는지는 모르겠지만, 확실한 건 지금 버거운 상대다.

하지만 도망칠 수는 없다.

직전, 그나마 나머지 오크 전사들을 저지하던 전력은 엘프를 상대하는 데 온통 신경이 쏠려 있었으니까.

-37층 올라오니까 진짜 말도 안 되게 빡세지네.

-윤태양 스펙이 몇인데 진짜...

-에바 아니냐고 ___

-단탈리안 뭐 함. 계약자 죽어 가는데.

-아니, 오크랑 엘프 티밍하네. 비겁하게.

-원래 이런 곳이긴 해...

-윤태양이 너무 잘나가서 먼저 자르기로 했나?

-아니 근데 엘프 목숨 저렇게 태워 가면서까지 잡을 만한 가치가 있음?

-있으니까 잡겠지.

으득.

간신히 묶어 놓은 어깨의 자상에서 통증이 올라왔다.

"이거, 접속하고 나서 마주친 상황 중에 가장 심하게 조진 거 같은데."

-태양아…….

딱히 답을 내놓지 못한 현혜는 울먹이는 목소리로 중얼거렸다.

현혜뿐만이 아니다.

채팅 창도, 후원 창도.

당장 태양 자신도 이렇게까지 몰릴 줄은 몰랐다.

솔직히 우연에 우연이 겹친 자연재해에 가깝다.

셀 수 없는 이 정도의 강자가 37층 진입과 동시에 태양에게 습격할 가능성이 얼마나 될까.

그리고 하필 그 타이밍에 라빈, 석조경과 같은 강자들이 다 빠질 가능성은 또 얼마나 될까.

"현혜야, 시간은?"

-1분 30초…… 남긴 했는데.

석조경이 보스를 클리어하고 나서 요새 밖으로 나왔을 때, 이 난장판 속에서 태양을 즉시 발견할 확률은 또 얼마나 될까.

"원래 이렇게 겹치면 한 번쯤은 유리하게 와 주겠지? 석조경이 우릴 바로 발견하겠지?"

-그래도 가정은…….

"알고 있어."

물론 알고 있다.

지금 하는 생각이 도박사의 오류와 그 궤를 같이한다는 것 정도는.

아니, 사실 태양의 잘못이다.

라빈이 스테이지를 이탈했을 때 그것을 대수롭지 않게 생각했다.

인간 진영 플레이어 중 가장 큰 전력 지분을 차지하는 석조경이 일순간 빠지겠다고 했을 때, 그것을 막지 않았다.

'별림이를 만나면서…… 풀어졌나?'

아니다.

변명이다.

업적 좀 먹었다고 자신감이 붙었다.

여기서 활동하는 플레이어들의 수준을 본 적도 없으면서.

잠깐 풀어진 마음에 약간의 우연이 겹쳐 마주하지 않아도 될 상황을 이렇게 마주하게 만들어 버리고 만 것이다.

태양이 입술을 깨물었다.

석조경이 요새 공성전을 제안했을 때.

라빈이 스테이지에서 이탈했을 때.

보스 레이드에 혼자 들어가겠다고 했을 때.

지금과 같은 상황을 피할 수 있는 주도권은 태양에게 있었다.

"온전히…… 내 잘못이네."

다음부터 그러지 않겠다고 하는 말은 의미가 없다.

잘못을 쇄신하기 위해서는 '지금'부터 이겨 내야 한다.

콰드드드득.

괴력난신(怪力亂神) − 칼바람.

나이트 플라워(Knight Flower).

콜: 라이트닝(Call: Lightning).

두 종류의 칼날 폭격, 그리고 번개 다발.

해협 스테이지에서 활동하던 르건 즈야르의 전사들조차 맞으면 즉사에 이를 정도의 화력을 가진 공격 앞에선 대형을 해체할 수밖에 없었다.

"덕분에 한 턴 벌었······."

말이 끝나기도 전에 거대한 대검이 태양을 양단할 듯 강력한 기세로 내리찍었다.

콰아아앙!

간신히 몸을 날려 피한 대검.

2M는 되어 보이는 날의 절반이 염석을 가르고 들어갔다.

"살벌하네."

공격의 위력도, 태양 일행의 십자 포화를 견디고 뚫어 낸 그 터프함도.

셀 수 없는 이가 서슬 퍼런 눈으로 태양을 바라봤다.

1타는 어떻게 피해 냈지만, 2타는 그렇지 않았다.

몸 전체를 이동시키는 행위는 팔을 휘두르는 행위보다 빠를 수 없으므로.

쿠웅.

다시 내려찍는 대검에 대고, 태양이 발을 차올렸다.

강격.

스타버스트 하이킥(Starburst High Kick).

콰앙.

무리한 마나 운용에 울컥, 피가 쏟아져 나왔다.

"어이, 전사 친구. 우리 서로 회복하고 정정당당하게……."

"말하지 않았던가? 살아남는 게 명예고, 승리다. 멍청한 인간."

다시 한번, 오크 전사의 문신투성이 팔뚝에 힘줄이 불끈 솟는다.

대놓고 부상을 입은 왼팔을 겨냥하는 모습.

태양은 특유의 타이밍을 빼앗는 스텝도 밟지 못했다.

강격.

초월 진각 – 염라각(閻羅脚).

콰아아앙.

속이 뒤집어진다.

'손실의 권능'이 에너지를 빼앗아 가는 바람에 맞부딪친 다리가 거의 뜯겨져 나가는 듯했다.

영문 모를 이유로 놈의 권능이 약화되지 않았다면 이조차도 불가능했으리라.

권능을 약화시키며 태양에게도 분명 뭔가 더해졌건만, 그 에너지를 사용하는 방법은 여전히 오리무중이다.

한끝이 아쉽지만, 그래도 이게 낫다.

죽는 것보다는.

콰앙.

콰앙.

콰아앙.

세 번의 맞붙은 뒤에 효과적으로 몸을 숨긴 첫 번째 전사, 변함없는 처음이 기어코 태양의 등에 도끼를 내리찍었다.

본능적으로 몸을 비틀어 낸 태양이 이미 난 상처로 도끼를 받았다.

스타버스트 하이킥(Starburst High Kick).

뻐어어억.

비명과 함께 내질러 낸 킥이 오크 전사를 밀어내지만, 그뿐.

어깨의 통증.

마나 회로가 뒤집히는 통증.

짧은 시간이지만 살아남기 위해 극한으로 퍼 올려야 했던 집중.

붙잡고 있던 정신이 흔들렸다.

"끝이다."

마치 사형선고와 같은 외침.

셀 수 없는 이가 대검을 머리 위로 쳐올리고, 내리그었다.

신전의
원코인
클리어

태양이 내려오는 검을 바라봤다.

날의 길이만 2m.

폭만 30cm가 넘어가는 거대한 검.

검신 표면에는 권능이 넘실거린다.

후욱.

태양의 정신이 일순간 훅- 솟아오른다.

허공에 떠 있는 인공 태양의 열기.

그 안에서 회전하는 두 정령의 에너지.

그에 맞서는 인간 플레이어들의 기백과 마나, 스킬.

태양의 정면에 꿈틀거리는 오크의 근육.

그 뒤에서 후 상황을 대비하는 다섯 오크의 숨죽인 호흡.

넘실거리는 란의 풍술과 공간을 점유하는 살로몬의 마나, 그리고 메시아의 스킬.

반대편에서 일그러진 공간.

확장된 정신이 정도 이상의 정보를 받아들이고, 태양의 눈동자에 금빛 섬광이 깃들었다.

눈앞에 떨어져 내리는 대검이 모든 시야를 가리고, 태양의 근육이 수축하려던 순간.

갑옷이 나타났다.

'갑옷?'

풀 플레이트 메일.

거대화.

쿠웅.

거대한 방패를 든 기사가 대포처럼 날아와 셀 수 없는 이의 대검을 막아 냈다.

콰드드드드드드득!

"도움이 안 돼?"

별림이 태양을 닮은 표정으로, 히죽 웃었다.

"너…… 여기가 어디라고……."

"웅? 오빠. 다시 말해 봐."

그녀의 어깨 너머로 아그리파 기사단 1번대 대장, 라빈이 검을 휘두르는 모습이 보였다.

"내가 도움이 안 되냐니까? 그 꼴을 하고서?"

바르바토스의 대전사, 셀 수 없는 이의 대검이 태양을 향해 떨어졌다.

동시에 태양의 눈동자에 일순 황금빛 광채가 비쳤다.

'다행이야.'

후우.

단탈리안이 남몰래 숨을 내쉬었다.

신성이 권능을 잡아먹는 광경은 예상했다.

하지만 그 신성이 개화(開化)할 거라고는 예상하지 못했다.

신권의
원코인
클리어

개화(開花).

단탈리안이 준 신성은 처음에는 단탈리안의 색채를 띠고 있지만, 시간이 지날수록 변질하게 되어 있었다.

'존재의 일부'로 격을 증명하는 기능만이 있을 뿐인 신성.

개화는 그 신성이 본 주인이 아닌 다른 사람에게로 전이되었을 때 일어나는 자연스러운 일이었다.

각종 권능을 잡아먹고, 또 본 주인인 단탈리안이 아닌 태양에게 영향을 받으면서 자연스럽게 변이하는 것이다.

태양의 격을 증명할 수 있는 무언가로.

이 과정이 매우 성공적으로 이루어지면 태양은 또 하나의 마왕과 같은 격을 행사할 수 있게 된다.

이는 결론적으로 보자면 단탈리안이 원한 바였으나, 시기적으로는 아니었다.

'생각보다 너무 빨라질 뻔했어.'

단탈리안은 신성의 또 다른 쓰임새를 몰랐다고 뭉갤 생각이었다.

그리고 이런 경우는 처음이니 관찰해 보자고.

그렇기에 별림의 등장이 천운이었다.

만약 여기에서 완벽하게 개화해 버렸다면 뭉갤 수 없었다.

하지만 별림과 라빈이 시기적절하게 등장해 준 덕분에 개화는 전조만 일어난 채 멈췄다.

단탈리안이 아닌 척, 신중하게 뒤를 돌아보았다.

굳어진 얼굴의 벨리알과 여타 마왕들.

그리고 바르바토스.

광채의 의미를 발견한 마왕은 없는 듯했다.

있는지 없는지는 확신할 수 없지만, 적어도 단탈리안을 몰아붙이려는 시도는 없었다.

'가장 큰 고비는 바르바토스라고 생각했는데.'

바르바토스는 팔짱을 낀 채 골똘히 생각에 잠긴 기색이었다.

모르는 걸까.

확신할 순 없지만 단탈리안은 그럴 가능성이 크다고 생각했다.

광채는 발견했겠지만, 정확히 어떤 현상인지 특정하지 못한다면 단탈리안을 몰아세울 근거는 없다.

반대로 어떤 현상인지 특정했다면 바르바토스는 반드시 단탈리안을 몰아세웠을 터다.

단탈리안이 제 머리를 쓸어 올리며 다시 화면을 바라봤다.

'개화는 한참 이르다고 생각했었는데.'

방심, 불운, 마왕들의 협잡.

겹치고 겹친 우연이 시련이 되어 윤태양을 덮쳤고, 윤태양은 살아남았다.

시련에서 살아남은 용사는 성장하기 마련이다.

태양은 그 성장 덕분에 '개화'할 뻔했다.

아니, 이번에 문턱을 밟았으니 곧 하겠지.

신전의
원코인
클리어

"후우."

다시금 내쉰 한숨에 안도와 감탄이 뒤섞였다.

단탈리안이 턱을 쓰다듬었다.

'조만간 한 번 더 만나야겠군.'

<hr />

거대화.

거대한 방패를 내세운 현혜가 셀 수 없는 이를 향해 몸을 내던졌다.

"크하아아아아!"

그를 본 오크의 눈에서는 시퍼런 안광이 줄줄 새어 나오고, 입에서는 용맹한 전사의 오금도 저리게 만드는 포효가 튀어나온다.

콰득, 콰득.

거대한 대검을 비스듬히 세워 동체를 가리고, 두 발을 석면에 단단히 박아 넣었다.

셀 수 없는 이의 의도는 간단했다.

방패를 버텨 내고, 그대로 태양의 정수리를 반쪽으로 갈라놓을 심산이었다.

하지만.

때론 가장 단순한 게 가장 효과적이다.

콰드드드드드드드득!

염석으로 이루어진 A-5 요새 성벽의 바닥에 두 줄기 거친 선이 그어졌다.

삽시간에 제 속살을 노출한 염석이 새하얀 연기를 뭉게뭉게 피어냈다.

"으아아아아아!"

콰아아아앙!

기어코 내리찍은 대검이 애꿎은 염석만 부순다.

압도적인 질량은 셀 수 없는 이를 해하지 못했다.

하나, 셀 수 없는 이가 태양을 해하지 못하게 만드는 것은 성공했다.

"좋았어!"

의도가 성공했음을 확인한 별림의 밝은 목소리와 동시에 전황이 뒤집혔다.

스릉.

어느새 별림을 스쳐 셀 수 없는 이의 지척에 도달한 아그리파 1번대 대장의 허리춤에서 묵직한 섬광이 일어났다.

일식(日蝕) - 개기(皆旣).

월광과는 다른 묵빛 검기.

월광이 날카롭다면, 일식의 검기는 무겁다.

콰드드드득.

블랙홀이 한없는 무거움으로 모든 물질을 빨아들이듯이, 묵빛 검기가 마나를 빨아들였다.

셀 수 없는 이와 라빈 사이에 일순간 마나 공진 현상이 일어났다.

쩌엉.

"크헉."

손실의 권능이 검기를 반쯤 흩어냈음에도 불구하고, 셀 수 없는 이의 육중한 육체가 비틀거리며 뒤로 물러났다.

쿨럭.

짧은 기침에 시뻘건 피가 한 움큼 튀어나왔다.

날렵한 여기사는 문신투성이 오크가 물러난 만큼 걸음을 내디뎠다.

적을 향한 동정과 연민은 죄악.

약자를 향해 휘두르는 그녀의 검에는 망설임이 없다.

월광(月光) - 여명, 초승.

타다닥.

직전과 비교할 수 없을 정도로 날카로운 검기였다.

셀 수 없는 이는 감히 대검을 마주 댈 생각도 하지 못하고 뒤로 훌쩍 뛰었다.

르건 즈야르의 여덟 전사 역시 마찬가지였다.

아그리파 기사단의 위협적인 칼놀림 아래 그들은 정신없이 후퇴만을 거듭했다.

"그아아아아아!"

"르건! 즈야르!"

"부족의 영광을! 명예로운 죽음을!"

명백한 전력의 열세에 오크들의 함성이 한층 진해졌다.

10인 전승 부족.

오크 진영에서 난다 긴다 하는 부족들을 제치고 올라온 재능인 만큼 S등급 클랜 소속의 아그리파 기사단에 밀리는 그릇은 아니었으나 성장해 온 시간도, 숫자도 다르다.

아그리파 기사단의 일방적인 공세는 얼핏 당연한 것이었다.

채앵!

라빈의 검이 셀 수 없는 이의 목숨을 여지없이 노린다.

우상단, 종 베기.

두 번의 검격이 셀 수 없는 이의 발을 짓눌렀다.

셀 수 없는 이 역시 호흡을 비집고 들어와 대검을 휘둘렀으나 운동에너지가 커지기 전에 이미 검을 맞댄 라빈은 운동에너지를 이미 훌륭하게 흘려냈다.

그렇게 벌어진 빈틈.

셀 수 없는 이의 턱에 라빈의 하이킥이 작렬했다.

뻐억.

관자놀이가 정확히 관통당한 셀 수 없는 이의 동공이 순간 천장으로 돌아갔다.

약 0.2초간의 스턴.

라빈이 다음 행동을 취하기에는 차고도 남는 시간이다.

쿠웅.

라빈의 오른 어깨가 커다란 오크를 들이받아 밀어냈다.

동시에 왼쪽에서 오른쪽으로 그어 가는 거대한 횡 베기만 그어 내면 셀 수 없는 이의 상체와 하체는 바늘로 꿰매지 않는 이상 돌이킬 수 없게 되리라.

"안 돼!"

하나같은 두 엘프가 동시에 소리를 질렀다.

흑점 폭발.

A-5 요새 상공에 떠 있는 인공 태양의 일부가 광자포가 되어 라빈의 등을 꿰뚫으려 시도한 것이다.

라빈은 민첩하게 반응해 광자포를 피했다.

불의 상급 정령 플릭, 바람의 상급 정령 오리마가 동시에 인상을 찌푸렸다.

"초록 돼지 새끼를 살리려고 손을 쓰는 날이 올 줄이야."

"재수가 없어도 그렇지."

커다란 기술로 어그로나 끌어대던 두 정령이 처음으로 오크들의 전장에 개입했다.

말은 이렇게 하지만, 알고 있기 때문이다.

셀 수 없는 이가 죽는 순간 전장의 균형추는 완전히 기울어 버리고, 그렇게 된다면 엘프 진영 역시 무사하지 못하리라는 것을.

희생의 서약 - 증폭.

불의 유희.

다섯 엘프가 동시에 제 목을 긋고, 인공 태양에서 뻗어 나온 불꽃이 장미처럼 새빨간 혓바닥을 날름거리며 대기를 녹였다.

"네들이 좋아서 이러고 있는 거 아니야!"

"빌어먹을!"

화르르르르르.

라빈을 비롯한 아그리파 기사단의 기세가 한층 꺾이려는 순간.

[그릇된 영광은 영혼을 좀먹는다.]

콰드드드득.

무광 회색의 섬광이 두 상급 정령의 걸작, 인공 태양을 베어 냈다.

위에서 아래로.

오른쪽에서 왼쪽으로.

대각선 위에서 아래로.

대각선 아래에서 위로.

순식간에 8등분 된 인공 태양이 한낱 마나를 머금은 고철이 되는 순간이었다.

"석조경!"

"총사령관님이시다!"

라빈이 작게 미소 지었다.

인간 진영이 압도적으로 불리해 보였던 힘의 균형은 단 순간에 맞춰졌다. 아니, 라빈 본인을 포함하면 인간 진영으로 확실히 기울어졌다.

라빈은 제 예상이 맞았음을 확신했다.

'마왕들의 전언. 이종족들이 더 민감하게 반응하고 있어.'

특히 오크.

10인 전승 부족, 르건 즈야르는 해협 스테이지에서 오크 진영의 최중요 전력이다.

윤태양이 일대일로 르건 즈야르의 족장 셀 수 없는 이를 물리쳤다는 게 더 놀랍지만, 어쨌든 그런 존재가 땅따먹기 스테이지에 등장했다는 것 자체가 놀라운 일이었다.

오크 지휘부에서 윤태양을 제거하겠다는 의지는 이로써 확실해졌다.

"빠른 판단이 옳았어."

태양을 지키는 걸 너머서, 두 종족의 미래에 타격을 입힐 수 있게 되었다.

10인 전승 부족 르건 즈야르.

엘프들의 숙주나 다름없는 정령. 그것도 상급.

르건 즈야르에 비하면 상급 정령이 가볍게 느껴지기는 하나, 둘 다 잡아내기 까다로운 전력들이다.

라빈 혼자였다면 틀림없이 놓쳤으리라.

하지만 지금 라빈은 아그리파 기사단 1번대와 같이 있다.

석조경과 아그리파 기사단은 두 전력을 요새 정중앙으로 어렵지 않게 몰아넣었다.

'놓치지 않는다.'

라빈의 눈이 번뜩였다.

최우선 타깃은 가장 가치 있는 전력.

르건 즈야르의 족장 셀 수 없는 이다.

일식(日蝕) – 금환(金環).

후웅.

반지와 같은 형상의 검기가 뻗어 나와 셀 수 없는 이의 사방을 틀어막았다.

쿠드득.

좁혀 들어가는 동시에 라빈의 검이 다시 한번 허공을 그었다.

월광(月光) – 새벽, 반달.

셀 수 없는 이가 인상을 구겼다.

르건 즈야르의 첫 번째 용사, 변함없는 처음이 몸을 던졌다.

"하나는 제가 막습니다!"

이드득.

셀 수 없는 이의 어금니에서 섬뜩한 소리가 울려 퍼졌다.

당장 셀 수 없는 이도 기술 하나를 막기 버거웠다.

아무리 첫째 전사라지만, 라빈의 검기는 변함없는 처음이 막을 수 있는 수준이 아니었다.

신컨의
원코인
클리어

그 말뜻은 간단하다.

변함없는 처음은 목숨을 던졌다.

흔들리는 고양이 꼬리에 이어 또 하나의 동료 전사가 목숨을 잃는 거다.

그것도 셀 수 없는 이와 가장 오랜 시간을 함께한.

"으아아아아!"

초강격.

쩌엉.

셀 수 없는 이의 사방을 조여오던 금환이 깨졌다.

"안 돼!"

셀 수 없는 이는 정면을 향해 튀어 나갔다.

튀어 나가려 했다.

"그럴 필요 없다."

콰득.

오크 전사의 기준에서는 가느다란 녹색 팔이 셀 수 없는 이를 잡아끌었다.

그리고 동시에 반대편에서 커다란 창이 짓쳐 들었다.

전장 한복판에서 숨을 몰아쉬며 전투를 관찰하던 태양의 동공이 확장됐다.

단지 찌르기다.

압도적인 신체 능력을 기반으로 한.

기술적으로 완벽한 힘의 분배가 이루어진.

스킬도 스킬화도 아니건만, 공간을 통째로 꿰어 버리는.

찌르기.

퍼석.

월광의 반달이 뻥튀기처럼 부서졌다.

셀 수 없는 이와 달리 녹색 피부에 단 한 줄의 선도 그어져 있지 않은 깨끗한 인상의 오크가 투명한 눈으로 태양을 바라봤다.

"너로군."

후욱.

뻗어진 오른팔이 접힌다.

동시에 창끝에서 아지랑이가 일어났다.

태양은 본능적으로 알았다.

기술이 아니다.

그저, 압도적인 마나의 응집이다.

일정한 규모를 넘어선 마나는 현실에 개입하기 시작한다.

인식과 동시에 쏘아졌다.

투웅.

[월광(月光) – 산산조각]

콰드드드드드득!

어느새 라빈이 태양의 앞을 막아섰다.

오크를 바라보는 라빈의 동공이 미약하게 흔들린다.

"오크의 지휘부가 이런 선택을 했다고……?"

투둑.

억지로 공격을 막아선 라빈의 손아귀에서 한줄기 핏방울이 떨어져 내린다.

"이건…… 좋지 않군."

석조경이 낮은 목소리로 탄식했다.

오크답지 않은 담백한 피부.

날렵한 근육과 몸체.

그리고 들고 있는 한 자루 창.

그것이 뜻하는 바는 한 가지였다.

오크 진영의 2인자.

불패의 창병.

전장의 종말.

푸른 하늘 일족의 대전사, 활강하는 매.

활강하는 매가 라빈에게 인사했다.

"오랜만이군. 아그리파의 깡통."

라빈이 활강하는 매를 틀어막고, 태양은 전선 후방으로 빠졌다. 부상을 입은 데다 오크들의 제 1목표가 태양이니만큼 어쩔 수 없는 일이었다.

쿠르릉.

A-5 요새의 한 측면이 모래성처럼 부서져 내린다.

활강하는 매의 등판이 마술처럼 꿈틀거리고, 한 터럭의 흠결

조차 잡아낼 수 없는 완벽한 동선으로 창이 쏘아진다.

창을 맞닥뜨린 라빈이 그대로 벽에 처박혔다가 다시 뛰쳐나왔다.

쿠웅.

"쿨럭."

동시에 태양의 입에서 튀어나온 기침에 피가 섞여 있었다.

어마무시한 마나 유동.

그 안에 담겨 있는 천문학적인 자신감과 에고, 그리고 격.

그 모든 정신과 태도를 뒷받침할 능력과 맞부딪쳐 줄 인재.

한 분야의 대종사가 이뤄 낸 격이 태양의 내부를 진탕시켰다.

'전장에서 벗어나 있어도 영향을 끼칠 정도라니.'

당장 라빈이 힘겨워할 정도의 적.

그럴 만도 하다는 생각과 함께, 열 몇 시간 전만 해도 충분히 상대할 수 있다고 생각했던 자신의 속단이 떠올랐다.

퉤엣-.

피가 섞인 침을 뱉은 태양이 신경질적으로 고개를 쳐들었다.

마리아나 수도회의 종군 사제가 간단한 치료를 마친 후 태양의 어깨를 짚었다.

"이 정도면 전투는 가능할 겁니다. 하지만 느끼시겠죠?"

"……회로가 불안정해요. 대놓고 부하를 주는 짓은 하면 안 되겠죠."

"상태를 인식할 수 있으니 다행이군요."

회로에 부하를 주는 짓.

두 가지다.

마나를 극한으로 소모하는 권능, 신룡화.

그리고 마나를 대놓고 회로 역방향으로 긁어 버리는 역천지공 – 파천.

지금 태양이 벌일 수 있는 가장 공격력이 강한 카드 2개가 막혔다는 이야기다.

'물론 작정하고 사용하면 못 쓸 건 아니긴 한데.'

문제는 그 뒷감당이다.

쿠웅.

전장 반대편에서 다시 한번 저릿저릿한 마나 파동이 밀려 들어왔다.

태양의 표정이 일그러졌다.

"대충 간은 봤다고 생각했는데 말이지."

그때도 사정을 봐줬던 걸까.

최전선의 플레이어와 태양의 간격은 생각 이상으로 넓었다.

문득 태양이 고개를 들었다.

"맞다. 별림이는 어디 있어? 치료받는 사이에 사라졌네. 그녀석. 오지 말라니까 기어코 기어와 가지고는……."

"왜 그래? 실력도 괜찮아 보이던데. 물론 우리만큼은 아니지만."

란의 말에 태양의 이마에 핏대가 솟았다.

"내가 지금 누구 때문에 여길 들어왔는데 괴물한테 자기 몸을 막 던져 대고 말이야……."

태양의 말에 채팅 창이 좌르륵 내려갔다.

−ㅋㅋㅋ 내로남불 개오지네.
−ㄹㅇㅋㅋ 자기 생각은 안 하죠?
−〈〈〈 목숨 아까운 줄 모르고 마왕이랑 맞짱 뜬 사람.
−ㅋㅋㅋㅋㅋㅋ.
−근데 오빠 입장에선 걱정이 될 수밖에 없지.
−동생 입장에선 극혐이지. 자긴 되고 난 안 된다는데.

태양이 신경질적으로 채팅 창을 껐다.

"그래서 윤별림 어디 갔는지 아무도 몰라?"

태양의 물음에 메시아가 대답했다.

"C-1 요새로 향했다고 들었다. 쉼터로 돌아가겠다던데."

스테이지에 입장할 때는 요새를 선택할 수 있지만, 돌아갈 때는 들어온 요새로 입장해야 했다.

물론 들어온 요새가 점령당하면 자동으로 남은 요새 중 한 곳으로 배정됐다.

"쉼터로 돌아갔다고?"

"그래."

신컨의
원코인
클리어

태양의 얼굴에 의구심이 깃들었다.

별림이 통합 쉼터에 가서 편히 쉬는 것은 그가 바라는 일이 분명했으나…… 그것만큼이나 별림이 태양의 말을 귓등으로도 듣지 않난 다는 것 역시 분명했기 때문이다.

그리고 그 의심은 애꿎은 사람에게로 번진다.

"근데 그걸 네가 어떻게 아냐?"

"돌아가겠다기에 알았다고 했을 뿐이다."

"나한테도 돌아간다고 이야기를 안 했는데, 너한테는 했다고?"

메시아가 어이없다는 듯 웃으며 제 흰 머리를 쓸어 넘겼다.

"나보고 어쩌라는 거냐? 돌아가겠다는데. 내가 말하라고 강요한 것도 아니고."

"아니, 그건 그렇긴 한데……."

그때 현혜가 끼어들었다.

─몸은 어떻게, 조금 견딜 만해?

"어."

현혜의 말에 태양이 고개를 끄덕였다.

─그럼 슬슬 움직여야지.

"……후우, 그래. 네 말이 맞아."

태양이 자리에서 일어났다.

현혜의 말이 맞다.

"이대로는 안 돼."

라빈의 패색은 짙어 보였다.

버티고는 있지만, 이길 것 같지는 않다는 이야기다.

변수가 필요하다.

인간 진영이 다시 승기를 잡게 해 줄 변수가.

일기토 승패의 근거는 명확했다.

활강하는 매는 바르바토스의 후원을 받은 플레이어지만, 라빈은 아니라는 것.

후욱.

라빈이 허리를 숙이고, 일직선으로 솟구친 창이 그녀의 긴 머리카락을 스쳤다.

콰드드드득.

바르바토스의 '절망'이 담긴 창.

라빈이 입술을 깨물었다.

권능 대 권능으로 부딪치는 결투의 결과는 온전히 기량으로 갈리지만, 권능 대 비권능의 구도는 그렇지 않다.

권능은 갖지 못한 플레이어의 입장에서는 한없이 불합리한 무기다. 물론 셀 수 없는 이와 라빈처럼 그 기량이 압도적으로 벌어지면 적용되지 또 이야기가 약간 달라지긴 하지만, 그건 예외 중의 예외.

지금 상황이 그것을 증명한다.

권능을 크게 소모한 것도 아니고 가볍게 둘렀을 뿐이건만 라빈은 그를 경시할 수 없었다.

스릉.

찰나의 틈을 감지한 라빈의 고운 손아귀가 허리를 향했다.

칼집에 잠겨 있는 검을 민첩하게 뽑아내고, 은백색의 검신이 초승달을 그렸다.

월광(月光) – 여명, 초승.

앞으로 걸음을 내디디던 활강하는 매가 처음으로 정지했다.

초승달은 녹색 피부 앞에서 저절로 스러지고, 그 자리를 묵빛 검기가 다시 채웠다.

일식(日蝕) – 개기(皆旣).

콰드드드득.

공간을 통째로 집어삼키는 검기, 역시 초승과 같다.

활강하는 매에게 들이닥치지 않는다.

그저 공간을 점유한다.

라빈의 의도가 느껴졌다.

라빈은 활강하는 매가 전진하는 것만을 막아 내고 있었다.

다른 말로 하자면, 시간을 벌고 있었다.

활강하는 매의 역동적인 근육이 단 한 점의 낭비 없이 움직였다.

행한 일은 간단하다.

창을 들어 올리고.

앞으로 찌른다.

쿵.

묵빛의 검기는 활강하는 매의 창을 집어삼킨 채 미동하지 않
는다.

"재밌군."

분명히 찔렀건만, 묵빛 검기는 발산한 에너지를 모조리 흡수
했다.

"얼마나 할 수 있는지 볼까."

녹색 근육이 수축과 이완을 기계적으로 반복하기 시작했다.

한 번.

두 번.

세 번.

쿵.

쿵.

쿵.

창촉이 묵빛의 검기에 담겼다 빠져나왔다.

검기는 흔들리긴 하지만, 아직 형태를 지키고 있었다.

활강하는 매의 창이 가속하기 시작했다.

열 번.

백 번.

천 번.

콰드득.

마침내 묵빛의 검기에 금이 갔다.

내뻗는 창의 속도는 느려지지 않았다.

활강하는 매의 팔이 잔상을 일으켰다.

이윽고 창의 전진과 후퇴가 네 자릿수가 되는 순간.

콰지지직.

일식이 얇은 접시처럼 깨져 나갔다.

라빈이 이를 악물고 다시금 묵빛의 검기를 휘둘렀다.

일식(日蝕) - 개기(皆旣).

"두 번은 재미없는데."

후웅.

창에 '절망'이 휘감겼다.

다른 오크에 비해 가녀렸던 팔이 순간적으로 펌핑됐다.

수축, 이완.

콰지지직.

검기가 깨져 나가고, 이미 두어 번 찢어진 라빈의 손아귀가
다시 찢어졌다.

[강물이 아무리 도도하게 흐른다 한들 하늘을 이기리.]

쩌엉.

"괜찮습니까!"

두 상급 정령을 상대하고 있던 석조경이 짬을 내어 라빈을 구했다. 그리고 그 대가로 화염 폭풍이 석조경을 휩쓸었다.

라빈이 이를 악물었다.

"더 보여 줄 게 없다면 여기까지 하지. 급한 일이 있어서 말이야."

"글쎄. 네 맘대로 끝낼 수 있을지는 모르겠네."

라빈은 처음부터 활강하는 매를 이길 생각이 없었다.

처음부터 지금까지 그녀의 목표는 확고했다.

지연.

후두둑.

라빈과 아그리파 기사단원들이 방진을 만들었다.

"……일기토는 포기하는 건가?"

"무슨 소리야? 조경 경에게 도움을 받은 시점에 일기토란 말은 성립이 안 해."

"뻔뻔한 낯짝으로 궤변을 지껄이다니. 아그리파의 깡통. 명예가 바닥에 떨어졌구나."

"내 명예를 걱정해 줘서 고맙군. 미안하지만 오크의 인정은 이쪽에서도 바라는 바는 아니라서."

⚜

─비관적이긴 하지만, 받아들여야 해. 어쩔 수 없어. 라빈과 석

조경은 활강하는 매를 못 막아.

"못 막는다고?"

-단탈리안도 몇 번이고 강조했잖아. 권능과 비권능자의 차이.

나름 선전하고 있기는 하지만, 시간이 지날수록 패색이 짙어
지는 건 인간 진영이다.

활강하는 매의 무력 때문만은 아니었다.

성벽을 선점하고 엘프 진영과 오크 진영의 공멸을 노리려던
석조경의 전술은 처참히 실패하여 성벽에서 2 대 1로 린치를 당
하는 상황이 되었다.

눈먼 상급 정령의 마법.

목숨을 아끼지 않는 엘프 플레이어.

거기에 석조경의 견제를 피해 날뛰어 대는 르건 즈야르의 전
사들까지.

라빈, 석조경만큼이나 일반 병사 플레이어들의 피로도도 극
심했다.

-결국 그 변수를 만들어야 하는 건 우리라는 말이지.

크흠.

목을 가다듬은 현혜가 브리핑을 시작했다.

-솔직히 땅따먹기 스테이지부터는 내가 도와줄 부분이 많이
제한돼. 유저들 입장에선 미개척지라고 보는 게 옳거든.

당장 상황을 보고 전략을 수립할 때 머리 하나를 더해줄 수
는 있지만, 보통 플레이어들이 모르는 히든 피스나 숨겨진 요소

를 마구 알려 줄 수가 없었다.

36층 이상은 랭커들도 운이 정말 좋을 때 한두 번씩 도달하는 구역이다.

당장 현혜도 두어 번 올라와 봤던 게 다였고, 그나마 자주 올라왔다고 표현할 만한 사람은 KK 정도가 다였다.

제수스는 상황이 맞아 들어갈 때 폭발적으로 고점을 보이는 형태의 플레이어였고, 나머지 랭커도 상황은 그렇게 다르지 않았다.

당연히 모이는 정보의 총량도 적어질 수밖에 없다.

-하지만 다행이야. 땅따먹기 스테이지라면 그나마 몇 가지 있거든.

"지금 상황을 타파할 무언가가 있다는 이야기지?"

-그래.

36층.

그나마 유저들이 도달할 수 있었던 첫 번째 미답지다.

-솔직히 내가 알려 주려는 건 다른 플레이어들이 모르는 게 아니야. 비효율적라 아무도 사용하지 않아서 잊힌 느낌이지.

태양의 말에 현혜가 설명을 시작했다.

유물, 나이트 홀스.

밤을 몰고 오는 말.

-모든 스테이지에는 유물이 있어. 나이트 홀스는 땅따먹기 스테이지에서만 사용할 수 있는 유물이지. 음, 다른 말로는 초월 병

신의
원코인
클리어

기? 정도가 적합해.

통합된 땅따먹기 스테이지에는 13개의 요새가 있다.

그리고 이 요새를 과반수. 즉, 7개 이상 점령하면 자동으로 점유권이 생겼다.

−초월 병기라고 불리는 이유는 간단해.

"엄청나게 강하니까?"

−응. 바로 그거지. 그리고 내가 알려 주려는 건 이 초월 병기의 점유권을 일시적으로 당겨 오는 방법이야.

"점유권을 당겨 온다. 어렵겠네?"

−그렇지. 난이도보다는 조건이 좀 세. 업적 10개.

태양이 눈썹을 들썩였다.

"업적 10개를…… 지불해야 한다고?"

−어.

"없어지는 거야?"

−맞아. 조건이 세다니까.

"……남겨 먹을 수 있는 거 맞아?"

플레이어의 목표가 무엇인가?

가장 최종적으로는 미궁을 오르는 것이다.

그리고 그러기 위해서 강해지는 것이다.

강해지는 방법은 업적을 얻는 거다.

유물을 점유하고, 사용하는 이유?

스테이지 진행 과정에서 임팩트를 남겨 더 많은 업적을 수급하기 위해서다.

─쓰레기 같은 조건 맞아. 비효율적인 일도 맞고. 다만 고점이 높다는 게 중요한 거지.

태양이 손으로 입을 가렸다.

"문제는 그거네. 여기 있는 플레이어들. 다 나 보려고 온 건데 내가 몰래 빠져나갈 수 있을까?"

저 활강하는 매가 37층까지 내려앉은 이유가 무엇이던가.

태양을 죽이기 위해서다.

셀 수 없는 이가 그의 부족 르건 즈야르를 끌고 땅따먹기 스테이지로 내려온 이유 역시 마찬가지였다.

마왕들의 전언으로 인해, 엘프고 오크고 할 것 없이 태양의 유동을 주목하는 상황인 것이다.

시가를 문 채 이야기를 듣던 살로몬이 후욱─ 담배 연기를 내뿜었다.

"빠져나가는 건 할 수 있다."

"어?"

담배 연기가 뿌옇게 공간을 메웠다.

바깥에서 태양 일행이 보이지 않을 만큼.

살로몬이 특유의 시니컬한 표정으로 중얼거렸다.

"스모크 게이트를 이용하면 돼. 원래라면 안 되지만, 너랑 나를 한정해선 돼."

통합 쉼터, 천문 장문인 허공의 집무실.

별림이 한숨을 내뱉었다.

"후아."

"많이 떨리나?"

곧은 자세로 앉은 허공이 흠결 없는 몸놀림으로 찻잔을 들어 올렸다.

저도 모르게 한숨을 내뱉은 별림이 어색한 표정으로 웃었다.

"아…… 하하. 아뇨. 큼. 네. 아무래도 이렇게 높으신 분은 만난 적이 없었다보니까……."

"그래서, 조경의 전언을 들고 왔다고?"

석조경의 전언.

별림이 뒤도 생각하지 않고 질러 버린 가짜 카드다.

별림도 이렇게까지 잘될 거라고 생각하지는 못했다.

'혓바닥으로 천문의 간부들이 모조리 속여 넘기고 장문인까지 만나게 될 뿐이야.'

아그리파의 라빈이 제 수하들을 모조리 끌고 내려가고, 마왕들은 단체로 신탁을 내려 대며, 최전선 오크 진영이 극도로 위축된 이 상황.

본래라면 씨알도 먹히지 않을 일이지만, 상황이 설득력을 가져왔다.

허공의 눈동자가 눈앞의 여성 플레이어를 관조했다.

대단한 기백이 느껴지지도 않고, 쌓은 내공 또한 별 볼 일 없다. 또한 얼핏 보이는 기맥은 그녀가 무공에 문외한임을 증명하고 있었다.

눈에는 총기가 보이지만 그뿐.

조경이 이 아녀자를 전령으로 선택한 이유는 무엇일까.

"말해 보아라."

꿀꺽 침을 삼킨 별림이 말을 골랐다.

진실은 이렇다.

오크 진영의 2인자, 활강하는 매가 땅따먹기 스테이지에 내려왔다.

라빈과 석조경은 물론이고, 그녀의 오빠인 태양까지 죽을 위기다. 아니, 돌아가는 상황을 보아하니 태양을 죽이는 게 1순위 목표인 것 같다.

'그러니까, '활강하는 매를 막을 만한 인재를 지원해 주세요. 정 뭐하시면 본인이 오셔도 되고……'라고 하면 안 통하겠지?'

안 통한다.

허공은 계산적인 사람이다.

직접 대면한 적은 없지만, S등급 클랜의 마스터에 관한 지식은 빠삭하다.

심지어 허공은 통합 쉼터에 붙박은 남자.

성격, 성정, 성향.

클랜의 운용 방향.

그에 관한 데이터는 많았다.

별림은 이 데이터를 이용해 원하는 결과를 만들어야 했다.

그렇기에 첫 번째 결정.

활강하는 매에 관한 이야기는 숨긴다.

거짓말이 들통 나면?

'몰라. 뭐. 어쩌라고.'

통합 쉼터에 틀어박혀서 안 나가면 그만이다.

아무리 S등급 클랜이고, S등급 플레이어고 뭐고.

별림이 클랜전에 나가지 않는 이상 쉼터 안에서는 서로를 헤칠 수 없다.

반면 태양은 아니다.

활강하는 매가 어떤 존재인지는 별림도 알았다.

1분 1초가 급박한 상황.

설령 별림이 미궁을 더 오르지 못하는 상황에 직면하더라도, 태양의 지원군을 만들어야 했다.

"총사령관님께서 군이 저를 보내신 건, 제가 이 정보를 직접 들은 사람이기 때문입니다."

"오호. 정보라?"

별림의 혓바닥이 기름이라도 바른 듯 유연하게 돌아갔다.

땅따먹기 스테이지의 요새 점령도가 쉼터의 훈련 시설 오브젝트를 열 수 있다는 것.

인간 진영에는 임시 연습실이 건설할 수 있는 최종 오브젝트라고 알려져 있었지만, 엘프와 오크 진영에서는 그보다 더 나은 오브젝트가 플레이어들의 성장에 기여하고 있었다는 것.

그리고 그를 통해 쉼터에서 더 자유롭게 스킬을 사용할 수 있는 것부터 스텟 상승, 업적 획득까지 가능하다는 것까지.

"……이상입니다."

근 5분간을 쉼 없이 떠들어 댄 별림이 마른 입술을 훑으며 브리핑을 마쳤다.

허공이 턱을 쓰다듬었다.

"땅따먹기 스테이지에서의 성과가 곧 쉼터 시설의 발전과 연관이 있다라……. 그래서, 우리 천문 차원에서 병력을 지원해 줬으면 좋겠다?"

"그 발전한 시설에는 플레이어들의 성장을 돕는 기능이 있다고 합니다. 특히 내공의 수발에 관련된 훈련이 주를 이룬다고 하더라고요. 물론 저도 귀로 들었을 뿐이라 말을 전부 신뢰하는 건 좀 어렵기는 한데……."

허공이 찻잔을 바라봤다.

찻물이 미세한 파동에 의해 잔잔히 일렁였다.

"차원 미궁의 모든 스테이지는 의미가 있었지."

땅따먹기 스테이지 역시 다르지 않다.

허공과 실버, 카인. 그리고 다른 클랜의 마스터들이 그것을 예상하지 못한 건 아니었다.

신권의
원코인
클리어

무언가 더 있을 거라고 생각하면서도 포기했다.

하지만 견물생심이라고 했던가.

포기한 그 '무엇'의 실체를 알게 되니 욕심이 쳐드는 것이다.

그런 허공의 반응에 별림이 제 손을 슬며시 움켜쥐었다.

'좋아.'

여기서 석조경이 했을 법한 말을 슬쩍 인용한다.

"그렇지 않아도 동 층의 다른 진영 플레이어에 비해 인간 진영 플레이어들이 밀리는 경향이 있지 않습니까. 지금부터라도 따라잡아야 합니다. 그리고 '그런 시설은 당연히 우리가 먼저 선점할 테니 그럼 S등급 클랜의 지위도 더욱 공고해지겠지요…….'라고 전하라고 하셨습니다."

탁.

찻잔을 내려놓은 허공이 물었다.

"조경이 평가한 윤태양은 어떻더냐."

"네?"

저도 모르게 내뱉은 반문.

허공이 물었다.

"조경에게 윤태양에 대해 확실하게 평가해 놓으라고 이야기했는데, 못 들었느냐?"

허공의 눈동자에 의문과 의혹이 감돌았다.

낌새를 눈치챈 별림이 반사적으로 웃었다.

"아, 하하하. 그러니까…… '밑의 아이들 사이에서 돌던 평가 이상입니다. 반드시 살려서 성장시켜야 합니다.'라고 말하라고 하셨습니다."

"반드시라."

"아, 이 말도 전하라고 하셨습니다. 아무리 못 커도 카인급."

솔직히 이야기하자면, 질렀다.

이 평가는 메시아가 이야기해 준 시청자들의 평가였다.

거짓말을 하며 자연스럽게 따라오는 부자연스러움은 오랜 단탈리안 플레이 짬으로 정리했다.

호흡은 느리게, 시선은 자연스럽게 내리깔았다.

등줄기를 따라 흐르는 식은땀은 애써 무시했다.

별림은 배우 뺨치는 태연한 표정 연기를 한 채 허공을 바라봤다.

카인급.

허공이 가볍게 헛웃음을 내지었다.

"카인이라."

최근에 나타난 인간 플레이어 중 가장 재능 있는 플레이어가 바로 카인이다.

거기에 더해 허공이 눈으로 본 재능 중에서 가장 빛나는 재능 역시 카인이었다.

태양은 클랜전에서 봤다.

이름 그대로 눈부신 재능이기는 했으나, 과연 그 격이 카인에 닿을 것인가.

고민 중, 허공의 뇌리에 한 가지 사실이 스쳤다.

"아그리파 기사단의 1번대 대장, 라빈 역시 그렇게 생각하는 건가. 음……."

가볍게 침음하던 허공이 말을 이었다.

"태양이 미궁의 후반부에서 적응을 마친 채 최전선에 올라온다면 그거 자체만으로 인간 진영의 모든 플레이어가 이득을 볼 수 있다고 판단했다면."

그렇다면 아귀가 맞는다.

그리 급하게 제 수하들을 데리고 땅따먹기 스테이지로 향한 이유가.

석조경과 라빈은 태양에게서 판을 기울일 정도의 무게감을 느낀 것이다.

허공은 별림을 앞에 둔 채 입을 닫고 찻잔을 매만졌다.

'천문으로의 직접 영입은 불가능하지. 그렇다면, 전력을 보낸다면 윤태양을 천문의 편에 서게 할 수 있는가.'

모르는 일이다.

'유리 막시모프 클랜은 아직 몸집을 불리지 않았지만, 이제 천문과 같은 눈높이까지 올라왔다. 놈들이 아그리파와 붙어 버리면 천문은 제 손으로 호랑이 새끼를 키운 꼴이 돼.'

허공의 생각이 여기까지 진행된 시점.

별림이 귀신같은 타이밍에 조심스럽게 입을 열었다.

"저……."

허공은 생각을 방해한 별림을 치울까 잠시 고민했다.

그리고 그 고민을 하는 사이, 별림이 입을 열었다.

"이번 일로 유리 막시모프 클랜을 우방으로 삼는 건 어떻습니까? 천문의 입장에선 괜찮을 것 같은데요."

허공이 별림을 바라봤다.

총기와 자신감. 그리고 오지랖.

이런 종류의 인간이 말하는 건 한 번쯤 들어도 손해 볼 일은 없다.

"그게 무슨 소리냐."

"그녀는 거의 혼자 움직이고 굳이 단체 행동을 해야 할 때는 아그리파 기사단과 같이 움직이는 경향을 보입니다. 하지만 이번에 천문이 윤태양에게 지원한다면 그걸 교두보 삼아서 같이 움직이는 관계가 될 수 있지 않을까요?"

솔직히 이야기하면 특별한 이야기는 아니다.

의미 그대로의 이야기.

하지만 별림의 이야기는 허공이 태양을 지원하지 않았을 시의 반대급부를 건드린다.

만약 천문이 태양을 도와주지 않았는데 태양이 생존해 버릴 경우.

그렇지 않아도 유리 막시모프와 친하게 지내는 아그리파가 이 사건을 교두보로 유리 막시모프와 더 확고한 관계를 구축할 수도 있다는 이야기였다.

본래 1인 클랜이었고, 이제는 5인 클랜이라지만 S등급 클랜이다.

그런 단체와 우호적인 관계는 당연히 실보다는 득이 많은 법이다.

"흐음."

잠깐 고민하던 허공은 결국 석조경의 탈을 뒤집어쓴 별림의 전언을 받아들였다.

"향련각(向鍊刻)의 아이들을 데려가거라. 경모와 휘하의 아이들이 쉬고 있을 것이다. 그 아이들이라면 활강하는 매와 마주쳐 보기도 했고. 제 목숨을 건사하는 데에는 지장이 없을 게다."

별림이 탁상 밑에서 두 주먹을 꽈악 쥐었다.

이러면 절반은 성공이다.

"감사합니다."

"일단 주변 상황을 완벽히 파악하기 전까지는 조경에게 지휘권을 부여한다고 일러 놓겠다. 향련각 아이들의 가치는 조경도 익히 알 터. 절대로 목숨을 잃는 일은 없어야 할 것이라고 전하거라."

"옙. 옙. 지당하신 말씀이지요."

"거듭 말하지만 윤태양의 목숨을 이왕이면 지키는 쪽으로 가되 가장 중요한 건 우리 아이들의 목숨이다. 잊지 말고 전달하도록."

향련각.

천문에서 무력 집행을 담당하는 두 부서 중 하나다.

허공이 허락한 전력은 아그리파의 기사단 1개 대대와 비슷한 수준이었다.

땅따먹기 스테이지에 보내기에는 과한 전력이기는 하지만, 활강하는 매를 잡아들이기에는 부족한 감이 없지 않아 있다.

하지만 별림은 부언을 첨부하는 대신 일어났다.

그녀가 아는 허공이라면, 여기가 마지노선이다.

그리고 그녀의 목표이기도 했다.

"그럼 저는 향련각에……."

향련각의 무인.

아그리파 기사들과 마찬가지로, 때때로 최전선에 드나드는 이들.

이들을 설득해 최전방의 유리 막시모프를 불러내면 그녀가 할 일은 끝이다.

……물론 설득도 쉽지는 않겠지만.

"아니. 잠깐만 기다리지."

자리에서 일어선 별림의 몸이 짐짓 굳었다.

평소에 차고 다니던 풀 플레이트 아머는 벗어 놓고 온 탓에 미약하게 떨리는 신체 반응을 감출 수가 없었다.

"별림이라 했던가."

"예. 별림이요."

"윤태양과는 무슨 관계냐."

별림이 숨을 들이쉬었다.

쿵, 쿵, 쿵, 쿵.

심장이 관자놀이를 두들기는 것 같다.

걸렸나?

허공이 독심술을 사용할 수 있었나?

아니, 알았으면 애초에 내 출입을 막았어야 하는데.

대화 중에 내가 거짓말을 하고 있다는 사실을 알았다고?

너무 욕심부렸나?

찰나의 순간 수십 가지 생각이 뇌리를 교차하고, 별림이 간신히 입을 떼었다.

"왜 그러십니까?"

허공이 작게 웃었다.

총기가 번뜩이는 눈동자.

그 뒤에 숨겨진 감정이 은근슬쩍 비친다.

경계, 호기심, 당혹, 거부감.

그리고 걱정.

"윤태양에 대해서 말할 때마다 감정이 실리더군."

"……솔직히 말씀드리자면 아는 사이예요. 예. 미궁 바깥에서부터."

친남매라는 사실은 숨겼다.

그렇게 되면 별림 자신이 인질이 되어 태양의 목줄이 될 지도 모르니까.

다행히도 친남매라는 것을 들킬 일은 없다.

어차피 재구성된 신체는 친자 판별이 되지 않으니까.

"그게 왜요?"

"천문에 들어올 생각 있나?"

별림이 곧바로 고개를 흔들었다.

"에, 에헤이. 저는 깜냥이 안 됩니다. 무공의 무 자도 모르고요.."

"그거야 가르쳐 줄 수 있네."

"천문의 문화를 알아요. 창천의 문화도요."

"으음."

이번만큼은 허공도 잠깐 입을 닫았다.

비 창천 출신의 플레이어가 천문의 문하생이 되는 건 굉장히 까다로운 문제다.

천문은 아그리파와 다르다.

강철 늑대와도 다르다.

아그리파는 출신 차원을 아예 보지 않고, 강철 늑대는 보긴 하지만 실력을 우선으로 본다.

하지만 천문은 아니다.

천문은 창천 출신 플레이어들의 자존감과 소속감이 어마무시하게 강한 집단이었다.

애초에 허공부터가 그런 분위기를 주도하는 편이기도 했다.

탁.

재빨리 방을 탈출한 별림이 한숨을 내쉬었다.

'잘못하다가 코 꿰일 뻔했네.'

❦

메이그마란도는 정열의 땅이다.

불이라는 콘셉트로 만들어진 지형.

그에 반해 피버텐드는 본래 40층에 위치한 땅으로, 콘셉트
는 흙이었다.

피버텐드의 가장 큰 특징을 꼽자면 시련과 유적이라고 할
수 있었다.

피버텐드가 40층이라는 하나의 스테이지로 기능하던 시절에
는 온갖 아티펙트와 카드가 묻혀 있는 기회의 땅이었다고 했다.

시간이 한참 지나 대부분 클리어되었다고 알려진 요즘 시점
에도 종종 새로운 유적이 발견되기도 할 정도였으니 당시 등장
한 피버텐드는 또 하나의 보너스 스테이지라고 불리기 충분한
수준이었으리라.

하지만 땅따먹기 스테이지로 병합된 지금 시점 피버텐드의
가장 큰 특징은 유적, 나이트 홀스를 깨우는 유적지다.

태양이 살로몬에게 물었다.

"스모크 게이트는 유효 거리가 멀지 않잖아. 피버텐드는 여
기랑 거리가 상당해. 도대체 어떻게 간다는 거야?"

스읍.

다시금 담배를 피운 살로몬이 물었다.

"거리는 상관없어. 위치는 아나? 좌표로."

"40층 위치라는데, 좌표는……."

─기록 찾아보면 돼.

"어. 좌표는 찍어 줄 수 있어. 어떻게 한다는 거야?"

"너랑 나라면 가능하다."

살로몬이 으득─ 손가락을 씹었다.

마법사는 과학자와 같다.

특히 끊임없이 기술적 발전을 추구한다는 관점에서는 확실히 같다.

"아까부터 생각하고 있었다. 별다른 목표지가 없더라도 넌 지금 여길 빠져나가야 해."

태양은 강하다.

동층의 플레이어에 비해서는.

하지만 셀 수 없는 이와 같은 플레이어와는 비등하고, 최전선의 플레이어에 비교하면 부족하다.

어쩔 수 없는 일이다.

성장할 시간이 절대적으로 부족했으니까.

그리고 그 성장한 플레이어들이 눈에 불을 켜고 태양을 죽이려 하는 게 지금 현 실정이다.

이 환경에서 태양이 탈출한다면, 그것만으로 이미 전술적으로는 승리를 거뒀다고 볼 수 있으리라.

"아니, 그러니까 어떻게?"

"용혈."

"용혈? 새로운 기능을 발견한 거야?"

"비슷하다."

폭주한 용혈은 마법 저항력을 극단적으로 올린다.

"극단적으로 올라가는 효능이 있다. 뒤집으면 극단적으로 낮출 수도 있다는 뜻이다."

그리고 만약 그런 방법을 찾아낸다면.

극단적으로 마나 저항력이 낮아진 태양은 스모크 게이트를 통해 초장거리 공간 이동을 할 수 있다.

"이론적으로는 검증을 마쳤어."

"젠장, 이론이라고?"

"태양, 내가 검증한 이론은 실전에서 틀린 적이 없어. 용혈을 포함해서 말이야. 봤잖아?"

"어…… 그랬어? 난 몰랐는데."

"그럼 지금부터 알면 되겠군."

살로몬이 분주하게 무언가 준비했다.

ㅡ근데 이렇게 대놓고 공간 이동 마법 쓰는데 견제는 안 들어옴?

ㅡ그르게.

―근데 어떻게 알고 견제를 해. 살로몬이 유명한 것도 아니고.

―살로몬이 안 유명해? 지구인 몇 억이 알고 있는데?

―안에서는 안 유명하잖아.

―아, 맞나.

공간 이동 능력은 희귀하다.

차원 미궁에서는 별의별 기술과 현상이 카드가 되어 스킬로 담기지만, 몇 가지 예외가 있는데 그중 하나가 바로 공간 이동 스킬이었다.

가장 대중적인 마법, 블링크를 비롯해서 대부분의 공간 이동 기술은 차원 미궁의 완제품에서 얻어 낸 기술이 아니라 플레이어 본인이 '기술'로서 가지고 있는 스킬화인 경우가 많다.

왜 마왕들은 차원 미궁에 공간 이동 능력을 제한했을까.

다른 능력과 비교하기 어려울 정도로 전략, 전술적인 선택의 폭을 넓혀 주는 기술이기 때문이다.

그리고 애초에 공간 이동 기술이라는 것이 아무나 마구 펼치기에는 너무 수준 높은 기술이기도 했다.

차원 미궁에서 그나마 공간 이동에 관련해 도움을 준 게 있다면 스테이지를 오가는 텔레포트 게이트 정도다.

그렇기 때문에 공간 이동 관련 기술을 사용하면 그 플레이어는 유명해진다.

신진의
원코인
클리어

시기와 질투를 받고, 분석하기 위해 주변 플레이어들이 눈을 치뜬다는 이야기다.

현혜가 불현듯 중얼거렸다.

-이미 땅따먹기 스테이지의 인간 진영 내부에서는 살로몬의 평가가 굉장하지. 더스트 게이트를 사용하는 걸 봤으니까. 하지만 엘프와 오크들은 아니지.

A-6 요새를 공략할 때 사용했지만, 불의 상급 정령 프림마를 비롯해 모든 엘프는 살아나가지 못했다.

살로몬의 공간 이동 능력을 모른다는 이야기다.

태양이 고개를 끄덕였다.

"이번 일이 성공하면 유명해지겠지만, 아직은 아니라는 거네."

딱 한 번만큼은 완벽하게 허를 찌를 수 있다는 소리다.

후욱.

요새 전선 최후방의 치료실.

살로몬의 연기가 시야를 가리고, 란의 바람 장막이 모든 기척을 틀어막았다.

메시아와 란이 철통같은 보초를 서는 가운데 살로몬이 으득― 제 손가락을 물어 피를 냈다.

마나를 집중해 용혈을 폭주시키면 정신 간섭 저항력이 올라간다.

살로몬은 그 과정에 집중했다.

마나를 집중하면 왜 용혈이 끓어오르는 건지.

그리고 피가 끓어오르는 과정 중 어떤 요소가 정신 간섭 저항력을 올리는 건지.

그 과정을 관찰하는 과정에서 살로몬은 한 가지 사실을 발견했다.

집중된 마나가 용혈의 미세한 알갱이를 자극하여 기화가 일어나는 아주 짧은 시점에 시전자의 마법 저항력이 극도로 낮아지는 현상이 일어났던 것이다.

찰나에 가까운 순간이었지만, 살로몬은 캐치했다.

"마나가 주입되는 그 순간이지. 혈액에 마나가 충만해지는 순간 마나 저항력을 수직으로 상승해. 즉, 극도로 미약한 마나를 계속해서 집어넣으면, 해당 용혈의 사용자는 마나 저항력이 극단적으로 떨어진 상태를 유지할 수 있다는 이야기다."

물론 저항력이 떨어지는 건 당연히 치명적으로 부정적인 상태다.

하지만 개똥도 약에 쓸데가 있는 법.

"마법 저항력을 낮춘 채로 스모크 게이트를 타면⋯⋯."

"그래. 마법 저항력이 낮아져 있는 만큼 부하가 줄어든다. 즉, 스모크 게이트의 사정거리가 길어져."

툭.

살로몬이 깨문 손끝에서 혈액이 방울졌다.

집중된 마나가 용혈의 기화 현상을 이끌어 냈다.

그리고 극도로 미약한 마나 주입을 반복.

"성공했다."

문제는 태양이다.

"내가 해야 하는 거야?"

"아니, 시전자는 상관없어. 익숙한 내가 하는 게 낫다. 피만
내라."

으득.

태양이 제 손가락을 내밀었다.

살로몬이 꿀꺽- 침을 삼켰다.

살로몬의 용혈과 태양의 용혈은 다르다.

그에 따라 나타날 변수를 완벽하게 통제해야 했다.

"후우."

한숨을 내쉰 살로몬의 마나가 태양의 손바닥에 스며들기 시
작했다.

쿠궁.

초강격.

절망의 권능을 머금은 활강하는 매의 창이 아그리파 기사단
의 방진을 깨뜨렸다.

한 기사가 형편없이 나가떨어지고, 나머지 기사들이 민첩하

게 움직여 방진을 유지했다.

나가떨어진 기사도 곧 정신을 차리고 방진에 합류했다.

초고열 융복합 회로포.

사신 의식 - 열풍(熱風).

엘프 둘.

아니 그 안에 기생한 두 상급 정령이 마나 회로를 태워가며 무리한 기술을 써 댔다.

정령들은 벌써 세 번째로 몸을 갈아 끼웠다.

콰드드드드드.

광자포와 눈에 보이지 않는 폭풍이 짓쳐들었다.

아그리파의 기사들이 동시에 방패를 올리고, 반대편에서 짓쳐 든 석조경이 검을 휘둘렀다.

시간은 쏜살같이 세월을 가르리.

세월을 가르는 시간.

자칫 추상적으로 느껴질 법한 석조경의 검이 추상의 결정체인 정령의 마법을 베어 냈다.

"방진, 단결!"

석조경의 도움 덕분에 한 터럭의 피해도 허용하지 않은 아그리파의 방진이 단단하게 몸을 움츠렸다.

어느새 방진의 중심으로 들어선 활강하는 매가 제 창을 들었다.

라빈이 몸을 잔뜩 긴장시킨 채 활강하는 매의 수를 기다렸다.

하지만 활강하는 매는 팔을 뻗지 않았다.

대신 얼굴을 일그러뜨렸다.

"잔재주를……."

투웅.

활강하는 매가 발을 박찼다.

태양과 살로몬이 한 공간 이동을 감각적으로 캐치했기 때문이다.

활강하는 매가 본래 40층이 있었던 곳. 피버텐드의 A-4 요새 방향으로 튀어 나갔다.

그와 동시에.

클라우드 스탬프(Cloud Stamp).

쿵.

라빈이 구름에 도장을 찍듯이 뛰어올랐다.

활강하는 매가 전장을 이탈함과 거의 동시에 이루어진 동물적인 움직임이었다.

월광(月光) – 여명, 초승.

스릉.

찰나의 순간 검집에 들어갔다가 다시 뽑힌 라빈의 검이 초승달을 그렸다.

그에 대응하려 하지만.

인간사는 하늘이 정하니 겸허하라.

활강하는 매의 동맥을 정확히 노리고 그어 오는 하늘의 참격.

활강하는 매가 참격을 피해 몸을 뒤트는 사이 초승달이 활강하는 매의 등을 저항 없이 베어 냈다.

"……."

"싸우다 말고 어딜 가시는지."

쿠웅.

활강하는 매가 땅에 창을 찍고 고개를 꺾었다.

"확실히 치우지 않고는 못 지나가겠군."

초록색 피부에 나타난 표정은 여전히 무미건조했지만, 이마에 솟아오른 핏줄이 그의 감정을 대변했다.

화륵.

권능 : 절망의 불꽃.

활강하는 매에게 시선이 쏠린 라빈과 석조경은 보지 못했다.

유유히 전장을 빠져나가는 또 하나의 오크를.

피버텐드.

대지의 기운이 충만한 땅.

시련을 받는 장소를 찾아내는 건 어렵지 않았다.

피버텐드에서도 가장 마나 유동이 특별한 곳이 곧 시련 장소였기 때문이다.

외관상으로 보기에도 카타콤과 같은 유적지같이 생겨서, 썩

특별해 보였다.

태양이 살로몬을 향해 주먹을 내밀었다.

"성공했네."

"하, 실패할 거라고 생각했나?"

살로몬이 웃으며 마주 주먹을 내밀었다.

툭.

가벼운 주먹의 부딪침.

어느새 담배를 꼬나문 살로몬이 중얼거렸다.

"이기고 와라. 언제나처럼."

"아아."

–이대로 들어가면 돼.

음산한 분위기의 지하 동굴로 걸어 내려가자 곧 눈앞에 증강 현실이 나타났다.

[플레이어 윤태양이 피버텐드의 시련에 도전했습니다.]

[피버텐드의 시련이 작동합니다.]

[플레이어 윤태양의 업적 10개가 소멸합니다.]

[인간 진영 참여자 : 윤태양, 오크 진영 참여자 : 없음, 엘프 진영 참여자 : 없음]

[현 시간부로 '땅따먹기' 스테이지를 클리어하지 않은 오크, 엘프 진영의 플레이어에게 피버텐드의 시련에 도전할 권한이 주어집니다.]

[현 시간부터 '땅따먹기' 스테이지를 클리어한 오크, 엘프 진영의

플레이어에게 피버텐드의 시련을 방해할 권한이 주어집니다.]

　[피버텐드의 시련을 클리어할 시 해당 플레이어는 유물, 나이트 홀스의 점유권을 2시간 동안 얻습니다.]

　─땅따먹기 스테이지에 들어온 모든 플레이어에게 동시 적용되는 증강 현실이야. 몰래 들어오는 데 성공했기 때문에 곧장 방해가 오지는 않겠지만, 그렇다고 많은 시간이 있는 것도 아니야. 알지?

　고개를 끄덕인 태양이 빠르게 걸으며 투덜거렸다.

　"그나저나, 너무 비효율적인 거 아니야? 인간적으로?"

　유물, 나이트 홀스의 점유권을 얻는다고 해 봤자 점유 시간은 고작 2시간.

　길게 잡아도 요새 하나 정복하면 끝나는 시간인데, 당장 요새 하나 정복하는 데 가장 크게 기여한다 해도 업적을 10개 이상 받아 내는 건 어려웠다.

　─심지어 10개는 기본값이지? 10개를 받아야 본전이고, 여기에서 더 업적을 얻어 내야 하는 거니까.

　업적을 2개, 3개만 얻으려고 하면 유물을 사용하지 않아도 충분히 가능하다.

　"음. 그런데 업적이라는 요소를 떼고 보면 나쁘지 않은 거 같은데. 특히 이런 세력전에서라면……."

　─물론 업적 10개는 기본 조건이야. 입장료라고나 할까.

　점유권을 당겨 오는 건 스테이지에 형성된 히든 피스를 통해

할 수 있었다.

조건.

40층, 아니 피버텐드의 제단에서 시련을 클리어할 것.

참여 가능한 것은 스테이지를 클리어하지 못한 플레이어 한 명.

막 37층에 입장한 초짜 플레이어가 10개라는 무시 못 할 페이를 지불하며 제단을 오픈해 봤자 40층, 50층 수준의 강한 플레이어가 시련을 클리어하기 전에 난입해 견제하면 다 죽는다.

"……비효율을 너머서 그냥 하지 말라는 수준인 것 같기도 하고."

시스템 창을 대충 읽어 보기만 해도 왜 플레이어들 사이에서 이 피버텐드 시련이 사장됐는지 알 만도 했다.

—하지만 지금은 달라. 스테이지 온 시선이 메이그마란도에 쏠렸었잖아.

방해하기 위해 넣을 수 있는 플레이어는 하나.

뒤늦게 뛰어와 봤자 태양과 대적할 수준의 플레이어는 땅따먹기 스테이지에 그렇게 많지 않다.

모니터 너머의 현혜가 주먹을 꾸욱 쥐었다.

유적.

다른 말로는 초월 병기.

고작 2시간을 점유하는 데에도 극악의 난이도를 강요하는 무기.

이것을 획득하면 잠깐이지만 최전선의 플레이어들에게 통하는 수준의 힘을 얻을 수 있다.

지금 땅따먹기 스테이지의 온 시선이 메이그마란도, A-5 요새에 몰려 있는 시점에서 갑작스럽게 시작된 피버텐드 유적지의 시련.

태양의 기량이면 다른 진영에서 제대로 반응하기 전에 날치기로 클리어할 수 있다는 게 현혜의 계산이었다.

'업적 10개, 많지. 하지만 뽑아낼 수 있어.'

지금 땅따먹기 스테이지에는 차원 미궁에서 쟁쟁한 네임드 플레이어들이 모여 있었다.

르건 즈야르의 오크들, 상급 정령들.

그리고 활강하는 매까지.

이들을 잡을 수만 있다면 태양의 입장에서는 업적이다.

동층의 플레이어를 잡아내는 건 업적으로 취급되지 않지만, 클랜장을 잡아내는 것.

명성 있는 위층의 플레이어를 잡아내는 건 업적이 될 수 있다.

물론 시련 중간에 활강하는 매가 들이닥쳐서 방해한다면 끝장이지만, 메시아의 중계에 따르면 그 오크는 라빈과 석조경이 몸 바쳐서 막고 있다.

혹여나 유적을 사용한 태양이 활강하는 매를 잡아내기라도 한다면 차원 미궁의 판세 자체가 달라진다.

인간 진영에는 압도적으로 긍정적인 방향으로.

❋

피버텐드 유적지에서 내려오는 시련은 세 가지 단계가 있었
다.

불의 시련.

물의 시련.

그리고 바람의 시련.

흙을 제외한 세 가지 속성의 시련을 이겨 내야 하는 게 피버
텐드 유적지의 주요 골자였다.

–찾아보니까 나름대로 스토리 라인도 있더라고.

피버텐드는 땅의 기운이 융성한 지역이다.

피버텐드의 원주민들은 그들이 태어날 때부터 땅의 기운을
강하게 타고난다고 믿었다.

하지만 피버텐드에 사는 신수, 나이트 홀스는 조화를 중시
하여 땅의 기운만 특출 난 피버텐드의 원주민들에게 등을 내주
지 않았다.

그렇기에 위의 세 가지 시련을 통해 나머지 기운을 북돋아
서 나이트 홀스의 호감을 얻어 냈다는 것이다.

"근데 등을 나눠 줘? 나이트 홀스라는 게 진짜 말이었어? 난
무슨 무기 같은 건 줄 알았는데."

－그게…… 나도 모르겠어. 애매하다고 하더라고? 말을 탄 거라는 사람도 있고, 망토라는 사람도 있고……. 유저가 먹어 본 적이 없으니…….

 쿠구구구궁.

 시련이 시작되자 흙의 벽이 솟아올랐다.

 거대한 카타콤 같았던 유적의 그림들이 가려지고, 통로가 막혔다.

 마치 자연 동굴과 같은 형상이 되었는데 역설적이게도 공간의 모양은 더없이 인위적인 정삼각형이었다.

 공간 자체의 스케일은 커서 태양이 큰 기술을 뻥뻥 써 내도 벽면을 노리고 쏘는 게 아닌 이상 공간에 무리가 갈 것 같지는 않았다.

 "여하간 콘셉트는 불, 물, 바람이라는 거지?"

 －그렇지.

 "생각해 보니까 어이없네. 나는 피버텐드 출신이 아니잖아. 그런데 이거 3개만 충족해도 나이트 홀스가 만족을 하나?"

 －그건 몰라. 여길 성공했던 유저는 없거든. 그런데 아마 될 거야. NPC…… 그러니까 다른 플레이어 중에 성공한 사례가 있었으니까.

 이후로도 현혜는 불의 시련에 관해 여러 가지 첨언을 덧붙였다.

 불의 시련은 기본적으로 최소 메이그마란도의 염석이 발출

신전의
원코어
클리어

하는 것 이상의 열을 견뎌야 한다는 것.

그 안에서 갑작스럽게 나타나는 괴수와 전투를 하던가, 급작스럽게 주어지는 목표를 달성해야 한다는 것.

이미 땅따먹기 스테이지를 졸업한 플레이어가 난입할 경우 해당 플레이어는 불의 시련에 해당하지 않는다는 것까지.

"성공한 유저도 없는데 어떻게 이렇게 자세하게 알아?"

-모르는 게 이상하지. KK랑 제수스는 말할 것도 없고. 진지하게 클리어할 생각 아니어도 가망 없다 37층 도착해서 가망 없다 싶으면 여기 오는 게 국룰이었어. 조회수는 달달하게 빨리니까.

"아, 하긴."

이해 못 할 것도 없다.

애초에 37층에서 인터넷으로 방송을 한다는 것부터가 이미 상위 1% 이상이다.

그런 지역에서 랜드마크급 인지도를 가지고 있는 게 피버텐드의 시련이고.

이목이 쏠리는 건 당연한 일이다.

['KKTheBest' 님이 1,000,000원을 후원하셨습니다!]

[클리어에 관한 힌트를 주지 못해서 미안하군. 불의 시련을 통과한 적이 없다.]

-와 kk.

-한마디에 백만 원;

-윤태양 개부럽다…….

-근데 kk가 첫 번째 시련도 못 통과할 정도면 시련 자체도 빡센가 본데?

-ㅇㅇ. 다른 npc 방해 전에 시련이 일단 37층 막 들어온 플레이어가 클리어하기엔 말도 안 되게 빡셈.

-일단 유저 중에는 시련 깨 본 사람이 없으니까.

-윤태양은 깰 수 있겠지?

-이제까지 해 온 거 보면 모름? S등급 클랜 플레이어들도 윤태양이 인간 진영 최고 아웃풋인 거 인정하는 느낌이던데.

['KKTheBest' 님이 1,000,000원을 후원하셨습니다!]

[너라면 할 수 있을 것 같다. 아니, 할 수 있어. 난입한 플레이어만 조심하면 된다.]

KK가 백만 원이라는 거금과 함께 조언을 보냈다.

조언과 거금 중에서는 거금이 더 고맙다고 생각하기는 했는데, 쓸 수도 없는 돈이라 그런지 솔직히 막 그렇게 고맙지는 않았다.

'뭐라는 거야. 집중하자, 태양아.'

태양이 스스로 뺨을 툭, 때리며 긴장을 푸는 사이 현혜가 한마디 보냈다.

-맞다. 알아 둬야 할 게 있어.

"뭔데?"

-그, 오크 있잖아. 르건 즈야르인가? 거기 대장.

"셀 수 없는 이?"

-어. 지금 메시아가 전장 확인하는데, 녀석이 안 보인데.

"활강하는 매는?"

-라빈이랑 석조경이 반쯤 갈려 가면서 붙잡고는 있는데…… 모르겠다. 별림이가 일을 잘 하고 있어야 할 텐데.

태양이 번쩍 고개를 들었다.

"별림이? 걔 어디 있는데?"

-통합 쉼터. 허공이랑 협상하러 갔어. 지원군 끌고 오라고.

"그걸 걔가 왜가? 아니, 그전에 넌 왜 그걸 나한테……."

-이렇게 난리 피울 게 뻔하니까 얘기 못 했지. 걔가 간다는데 내가 어떻게 말리니? 시작한다. 집중해.

쿠구궁.

통로가 막히고 아주 약간의 시간이 지나자 열기가 차오르기 시작했다.

[불의 시련]

증강 현실에 나타난 글자는 단 네 음절.

그 이상의 설명은 없었다.

설명 대신 이상 현상이 실시간으로 일어나기 시작했다.

꽉 막힌 천장, 구멍이라고는 보이지 않는 삼각형의 벽면.

그리고 바닥에서 올라오는 열기.

"너…… 주현혜! 너 나중에 똑바로 설명해라, 진짜!"

찜기 속의 만두의 상황을 맞이한 태양이 본능적으로 발을 굴렀다.

투둑. 콰앙―!

오른쪽으로 움직임과 동시에 불기둥이 솟아올랐다.

미약한 마나 유동에 그렇지 않은 현상.

화염이 대기에 닿자 열기가 퍼지는 게 느껴졌다.

흘린 땀이 대기에 닿는 즉시 기화될 정도의 높은 열기.

태양은 심장에서 뽑아 올린 마나를 신체 전 회로에 한 바퀴 돌렸다.

정수리에서부터 발바닥까지.

마나가 휘돌며 고온으로부터 체온을 유지하는 동시에, 용의 신체가 깨어났다.

발락의 신체가 아닌, 반인반룡(半人半龍)의 특성이.

키이이이이.

불기둥이 터져 나온 잔해에서 용암 빛의 뱀들이 기어 나오기 시작했다.

"아, 거. 징그럽게 생겼네."

울컥.

뱀들이 쏟아 낸 용암이 스테이지 바닥을 잠식했다.

태양이 마나를 일으켰다.

"이거, 발판을 없애는 녀석이랬지."

54층, 욕망의 항아리 스테이지 인간 진영 임시 쉼터.

무표정한 소녀가 대머리 남성을 보고 되물었다.

"플레이어 이름이 별림이라고?"

"그렇습니다. 땅따먹기 스테이지에 들어가는 즉시 포로로 수감되어 거의 한 달 가까이 외부로 나온 적이 없는 플레이어랍니다. 무슨 연유로 조경 선배의 전령이 되었는지는 모르겠는데…… 저는 이해가 안 됩니다. 조경 선배가 저렇게 흔하게 널린 플레이어를…… 아, 혹시 아는 플레이어랍니까?"

극도로 단련되어 멀리서 보면 사각형으로 보이는 신체.

대머리 격투가이자 향련각의 무인, 구자영이 말을 하다 말고 인상을 찌푸렸다.

말을 뱉고 나서 혹시 실수를 했나 의혹이 들었기 때문이다.

염소수염에 영웅건을 두른 검사.

향련각 3조의 조장, 경모가 조원의 매끈한 뒤통수를 후려쳤다.

차압.

"짜식이 언제까지 혓바닥 놀리고 나서 생각할래?"

"죄송합니다. 이게 참…… 버릇이라서요. 마음 같지가…… 아니, 근데 조장님은 그런 생각 안 하십니까? 저희가 왜 그 계집애 부탁을 들어줘야 하는지. 애초에 유리 경을 데려가는 게 조경 선배의 부탁인지도 모르겠고."

"또, 또 변명. 한 대 더 맞을래? 그럼 대가리가 좀 돌아가려나?"

경모가 팍- 오른손을 들어 올리자 산만 한 덩치의 구자영이 경기를 일으켰다.

"아! 그만 좀 때리십쇼! 조장님 때문에 멍청해지잖습니까!"

"이 새끼가? 자기 지능 낮은 걸 내 탓을 해? 야, 내가 때린 건 애초부터 네가 멍청한 짓을 해서 때리는 거야. 순서가 잘못됐다고. 그리고 고장 난 기계는 때려야 제대로 돌아가는 거 몰라?"

"때려서 제대로 돌아가는 기계가 어디 있습니까! 망가지기나 하겠지!"

"이거 봐봐. 때리니까 생각다운 생각을 하잖아. 너 나 덕분에 똑똑해지는 거라니까? 이리 와 봐. 한 대 더 맞자."

"으아! 제가 기계입니까?"

경모가 팔을 휘두르려는 찰나, 유리 막시모프가 입술을 떼었다.

"급한 일 아니었어?"

"맞습니다! 급한 일 맞습니다! 제 머리를 때리는 것보다 지금 석조경 선배님을 구하러 가는 일이 백만 배는 더 급합니다!"

"뭘 백만 배나 급해! 이거 또, 또 생각 없이 말하네?"

차압.

경모가 기어코 구자영의 민머리에 손바닥을 마찰시켰다.

구자영이 울상을 지었다.

"저한테 왜 그러십니까, 진짜."

"아니, 그렇잖아. 일선에서 사라진 활강하는 매가 땅따먹기 스테이지에 가 있기라도 하다냐? 라빈 경이랑 아그리파 기사단이 가 있는데 어떻게 상황이 급해?"

"조장님, 저 마음에 안 들죠?"

"이거 눈깔 똑바로 뜨는 거 봐라?"

유리 막시모프가 향련각의 두 무인을 바라봤다.

철없는 청년들처럼 보이지만, 그녀는 저들이 막상 전투에 들어갔을 때 그 누구보다 저돌적으로 맹진하는 전사들이라는 사실을 알았다.

물론, 그 사실을 알고 봐도 일련의 행동들은 한심하기 짝이 없다.

"먼저 갈게."

"어? 조장님? 따라가야 되는 거 아닙니까?"

"앗! 라빈 경! 같이 가요!"

별림.

이름을 떠올린 유리 막시모프가 살풋 웃었다.

"최전선까지 기다리려고 했는데, 도와 달라면 어쩔 수 없지. 더 일찍 보겠네."

꽤나 오래 기다렸다.

이 정도 당기는 건 괜찮겠지.

≈≈≈

셀 수 없는 이는 활강하는 매와 동시에 전장을 이탈했다.

후욱, 후욱.

심장이 터질 듯이 뛴다.

3층. 3개의 차원을 전력질주로 주파하는 일은 초인의 한계를 진작에 뛰어넘은 오크 전사에게도 극기를 시험했다.

콰드득.

힘찬 뜀박질.

대지가 셀 수 없는 이의 근육질 몸체를 밀어냈다.

키드드드드드!

커다란 진동에 모래 사이에 숨어 있던 토강접(土强蝶)이 커다란 날개를 전기톱처럼 휘날리며 날아왔다.

"후욱."

내쉬는 숨에서 단내가 올라왔다.

심장이 당기는 통증을 가볍게 무시한 오크 전사가 다시 호흡을 머금었다.

셀 수 없는 이가 대검 휘두르자 토강접은 이내 2개의 전기톱이 되어 모래 유적 사이에 파묻혔다.

피버텐드의 시련 유적지가 눈앞에 보였다.

"늦어선 안 된다. 반드시 내가 처리해야 해."

셀 수 없는 이도, 활강하는 매도 똑같이 바르바토스의 대전 사다.

이는 바르바토스가 활강하는 매에게도 윤태양을 죽이는 대가로 권능을 내밀었다는 이야기였다.

바르바토스가 셀 수 없는 이에게 신탁을 내렸을 때는 윤태양을 죽이는 데 성공하면 권능을 내린다고 했다.

활강하는 매가 윤태양을 죽였을 때, 셀 수 없는 이가 권능을 받을 수 있을까?

당연한 이야기지만, 그럴 확률은 희박하다.

"흔들리는 고양이 꼬리의 목숨. 전사들이 흘린 피."

거기에 해협 스테이지에서의 성장을 포기하고 급히 클리어한 것까지.

매몰 비용이 너무 크다.

권능을 한 개 더 얻은 활강하는 매는 오크 진영의 전사로서 이득을 가져다줄 테지만, 그 이득은 르건 즈야르에 돌아오지 않는다.

오크는 진영이 아니라 부족에서 정체성을 찾는 종족이었다.

쿵.

쉬지 않고 3개의 차원을 주파한 셀 수 없는 이가 다시금 다리를 놀렸다.

그나마 셀 수 없는 이에게 행운인 점은 인간 진영의 플레이어들이 활강하는 매를 붙잡고, 셀 수 없는 이를 놓쳤다는 것.

셀 수 없는 이가 태양이 도달했던 카타콤 앞에 도착했다.

태양이 들어갈 때는 동굴처럼 뚫려 있던 카타콤은 기하학적인 무늬의 흙벽에 의해 막혀 있었다.

셀 수 없는 이가 급하게 흙벽 앞에 섰다.

[피버텐드의 시련: 불 – 클리어]

[피버텐드의 시련: 물 – 클리어]

[피버텐드의 시련: 바람]

[인간 진영 참여자: 윤태양, 오크 진영 참여자 : 없음, 엘프 진영 참여자: 알브레이드]

오크 진영 참여자를 확인한 셀 수 없는 이가 불끈, 주먹을 쥐었다.

그리고 굳게 닫힌 카타콤의 입구에 본인의 마나를 흘려 넣었다.

쿠구궁.

[오크 진영 플레이어 셀 수 없는 이가 피버텐드의 시련에 참가합니다.]

[플레이어 셀 수 없는 이는 '땅따먹기' 스테이지를 클리어했습니다.

방해자의 역할이 주어집니다.]

바르바토스가 활강하는 매에게 내린 권능, 절망.

그리고 셀 수 없는 이에게 내린 권능, 손실.

이 둘은 차원에서 채굴한 것이 아니다.

온전히 바르바토스로부터 기원한 권능이었다.

바르바토스는 적을 깎아내렸다.

손실이라는 단어의 의미 그대로다.

적의 기운을 손실시키고, 근력을 손실시키고, 수명을 손실시키며, 의욕, 더 나아가서 전의를 손실시키는 시켰다.

때로는 권모술수를 통해.

때로는 자기과시를 통해.

때로는 영광을 통해.

때로는 아무것도 하지 않음을 통해.

바르바토스의 대적자는 감히 바르바토스 앞에 서기도 전에 이미 패배를 직감했다.

그리고 한없이 꺾인 마음을 가진 채 천근만근 무거운 몸을 끌고 전장에 나와 바르바토스를 마주했다.

그의 몸과 정신이 온전하더라도 감히 닿을 수 없는 고고한 존재의 위상을.

손실로 꺾인 마음은 식어 버린 철괴처럼 엉망으로 휘어진 채 고정된다.

다시는 마음을 곧게 세우지 못한다.

다른 단어로 표현하자면, 절망한다.

바르바토스는 절망한 자의 심장을 뽑아 씹으며 격을 키웠다.

그렇게 비롯한 권능이 손실과 절망이다.

손실의 권능은 초점이 전투에 있지만, 절망의 권능은 그 초점이 성장에 있다. 그리고 바르바토스는 절망의 권능을 활강하는 매에게 내렸다.

절망한 상대방으로부터 얻는 에너지는 활강하는 매의 영혼을 강건케 했다.

백이면 백, 인간들은 절망의 권능이 더 가치 있다고 생각한다.

이는 바르바토스 역시 마찬가지였다.

그렇기에 바르바토스는 당장 그 무력을 통해 남을 절망시킬 수 있는 인재를 찾아, 절망의 권능을 내렸다.

바르바토스가 공인한, 마왕을 제외한 어떤 존재라도 절망시킬 수 있는 남자.

그게 바로 활강하는 매였다.

초강격.

창을 쥔 오크의 손등에 힘줄이 돋았다.

완벽에 한없이 가까운 그립은 거대한 힘을 손실 없이 전달했다.

다리와 허리, 어깨와 머리.

모든 신체가 한 번의 찌르기에 맞춰 유기적으로 움직였다.

어린 전사 시절, 활강하는 매는 싸우는 기술을 배우지 않았다.

배울 필요가 없었다.

싸움을 반복하면서 가장 효율적인 행동이 어떤 건지 본능적으로 깨달았기 때문이다.

본인의 신체에 가장 걸맞은, 최고 효율의 움직임을 실시간으로 체득한다.

선대의 가르침은 어떤 이들에게는 주옥같은 은혜였지만, 활강하는 매에게는 고리타분한 잔소리일 뿐이었다.

하늘이 두 번 내리지 않을 재능과 그 앞에 무릎 꿇은 수많은 영혼의 무게.

그것이 활강하는 매가 내뻗는 창의 실체였다.

시간은 쏜살같이 세월을 가르리.

석조경의 검이 공간을 틀어막지만, 활강하는 매의 입장에선 이미 읽은 기술이다.

활강하는 매는 우직하게 팔을 뻗었다.

꽈아아앙!

일합의 교환과 동시에 두 인형이 튕겨 나갔다.

준비하고 있던 라빈이 곧바로 녹색 인형에 붙었다.

석조경이 그 모습을 보며 이를 악물었다.

"젠장."

철그럭.

박살 난 쇳조각이 땅바닥에 쏟아졌다.

그게 문제가 아니었다.

팔이 떨리고, 혈도가 뒤틀렸다.

활강하는 매의 거대한 내력과 그를 보조하는 절망의 권능이 석조경의 혈도를 진탕시켰다.

다른 말로, 전투 속행이 불가능해졌다.

'몇 합이나 버텼지.'

백합 이후로는 세는 것을 포기했다.

이미 삼십 합째부터 기의 수발이 자유롭지 않았고, 오십 합째에는 기가 혈도를 지나칠 때 주화입마에 빠진 것처럼 격통이 일어났다.

그 상태로 오십 합을 더 버틴 것이 솔직히 기적이었다.

채챙! 채애앵!

콰아아아앙!

반대편에서 연달아 네 합을 버텨 낸 라빈이 튕겨 나간다.

튕겨 나가는 와중에 석조경의 상태를 확인한 라빈은 재정비 없이 다시금 활강하는 매에게 달라붙었다.

일식(日蝕) – 금환(金環).

강격.

달이 미처 다 가리지 못한 해의 일부분이 황금빛 검기가 되어 오크 전사를 감싸고, 이내 쨍그랑- 깨져 나갔다.

그믐부터 초승까지.

서른 개 모양의 달이 모습을 드러내고, 이내 스러졌다.

"쿨럭."

당연히 무리한 기의 운용.

라빈의 입에서 새까만 각혈이 튀어나왔다.

라빈은 각혈을 해 가면서도 검을 놓지 않았다.

'검에도 예기가 살아 있어.'

이가 나가다 못해 산산조각이 나 버린 석조경의 검과는 달랐다.

활강하는 매의 말도 안 되는 창격에 대처하고 있다는 뜻이다.

그 모습을 보며 석조경은 자신과 라빈의 차이를 실감했다.

최전방의 최전방에서 검을 휘두르는 기사와 후방에 주저앉아 대장 노릇을 하는 자신.

"빌어먹을 기분이로군."

더 빌어먹을 사실은, 라빈과 활강하는 매 사이의 간격이 어쩌면 자신과 라빈 사이의 간격보다 넓다는 것이었다.

권능을 상대로 비권능이 승리를 점칠 수 없다는 사실은 이미 뼈저리게 느끼고 있었다.

하지만 버티는 것 정도라면 할 수 있을 줄 알았다.

"내 예상이…… 틀렸군. 처참하게."

아니, 더 정확히 표현하자면 석조경의 기량이 부족했다.

그가 라빈만 한 기량이 있었다면.

석조경과 라빈이 아니라 라빈이 둘이었다면 충분히 버틸 수 있었을 것이다.

터엉.

라빈이 다시 한번 튕겨 나갔다.

활강하는 매가 주변을 바라봤다.

부러진 칼을 움켜쥔 채 자신을 바라보는 석조경.

움푹움푹 들어간 갑옷을 정비하며 다시금 전투를 준비하는 라빈.

그리고 멍한 동공으로 그를 바라보는 아그리파의 기사들.

전투를 '관람'하던 한 플레이어가 저도 모르게 중얼거렸다.

"못 이겨."

절망.

활강하는 매의 압도적인 무력이 그들을 절망시켰다.

라빈과 석조경을 제외한 모든 플레이어가 활강하는 매의 무력 앞에 승리의 의지를 꺾었다.

쿠웅.

활강하는 매의 창에 휘감긴 새까만 기운이 제 몸집을 부풀렸다.

"더 하고 싶은지 묻고 싶군."

활강하는 매가 라빈을 오시했다.

라빈의 미간은 여전히 힘이 들어가 있었다.

"지금 항복한다면 죽이지는 않겠다."

솔직히 기대는 하지 않는다.

살려줄 생각 또한 없었다.

그저 던져 보는 물음이다.

더 없이 끈질긴 전사라도 죽음 앞에 던져 주는 꿀을 개처럼 받아먹는 경우는 있었기에.

패배를 수긍하면 마음이 꺾이고, 약해진다.

패배를 수긍한 라빈의 숙인 머리에 대고 무력을 휘두르면, 어쩌면 라빈 역시 절망할지도 몰랐다.

활강하는 매의 입장에선 안타깝게도, 라빈은 활강하는 매의 의도대로 움직이지 않았다.

"패배가 무서워서 물러서면 기사라 할 수 없지."

"저런. 힘이 달릴 때 일 대 다수로 덤비는 것은 괜찮고?"

"강자 앞에서 최선을 다하는데 누가 비겁하다 할 것인가?"

일대일은 사람 앞에서나 통용되는 이야기다.

차원 미궁에서 마주친 수많은 괴수와 괴물들 앞에서 일 대 일로 덤비겠다는 정신 나간 기사는 이미 죽어 나자빠진 지 오래였다.

사실 그것을 따지기 전에, 아그리파 기사단과 석조경이 차례 대로 떨어져 나가며 결국 상황은 라빈과 활강하는 매의 일기토로 다시금 돌아왔다.

"아쉽군."

나직이 중얼거린 활강하는 매가 창을 들었다.

특유의 매끈한 신체는 등의 검상을 제외하면 여전히 한 터럭의 흠결도 없다.

심지어 전투하는 사이 상처는 거의 회복되어 이미 상처라기보다는 희미한 흉터에 가까워 보였다.

활강하는 매의 근육이 부풀었다.

거대한 마나 유동 앞에 선 라빈의 몸이 흔들렸다.

"크윽."

창을 든 활강하는 매와 그 뒤로 펼쳐진 자홍빛의 하늘이 흔들린다.

라빈의 발밑이, 마나 회로가, 시야가 흔들린다.

세상이 마치 멸망하려는 듯했다.

'정신 차려, 라빈.'

라빈이 속으로 읊조렸다.

이것은 마법의 효과가 아니다.

다른 어떤 이능도 아니다.

그저 라빈의 마음이 흔들린 것이다.

라빈이 덥석, 제 입술을 깨물었다.

이미 너덜너덜해진 입술은 붉은 혈액을 여러 갈래로 뱉어 냈다.

신컨의
원코인
클리어

간신히 정신을 가다듬은 라빈이 검손잡이를 움켜쥐었다.

삐걱.

거친 금속음이 귀를 찔렀다.

어제와 오늘.

그리고 내일의 모든 순간이 전투로 점철되어 있는 장소가 바로 차원 미궁이다.

죽음은 언제나 도처에 깔려 있고, 라빈 자신을 덮칠 수 있다는 사실 역시 알았다.

알아도 의연한 게 어려운 법이지만, 라빈은 성공적으로 의연했다.

'이만하면 부끄럽게 죽지는 않았다.'

타닥.

오크 전사의 발걸음은 첫 만남과 마찬가지로 가볍다.

창이 짓쳐 드는 순간이었다.

원소 방패 – 토(土).

퍼석.

흙색 방패가 창을 막고.

이데아(idea) 접속.

거대한 대검이 창공을 뒤덮었다.

액셀러레이터(Accelerator).

그렇지 않아도 반파된 A-5 요새가 컵케이크처럼 허물어졌다.

피버텐드, 시련의 유적지.

단탈리안이 게임으로 지구에서 널리 퍼졌던 약 10년 동안, 그 어떤 유저도 불의 시련을 깨지 못했다.

그러므로 불의 시련을 깬 이후의 상황은 아무도 예측하지 못했다.

"깼으면 사라져 줘야 예의 아닌가?"

빌어먹게도 시련은 중첩이었다.

태양은 수백 마리의 염사(炎蛇)를 잡아내고, 놈들이 토한 용암을 걷어 내고, 불의 정화를 성공적으로 제거했다.

그렇게 불의 시련을 이겨 내고, 물의 시련이 진행되는 와중에도 열기는 사라지지 않았다.

마나를 휘둘러 직접적인 피해를 입는 것은 면했지만, 고온 때문에 발생하는 통증은 태양의 정신 한구석을 지속적으로 갉아먹었다.

"아주 지독해."

물과 불이 만나면 어떻게 될까?

정답, 수증기가 일어난다.

그렇다.

초고온의 수증기는 태양을 물만두처럼 쪘다.

하지만 그 와중에도 태양은 물의 시련을 견뎌 냈다.

어떤 식으로 발생하는지 모를 강력한 수압에서 발생하는 물의 칼날을 피해 내고, 역겨운 부식성 슬라임들을 으깨고, 칼날을 뱉어 내는 수원지에 손을 박아 물의 정화를 꺼냈다.

도대체 이게 물 속성의 친화력과 어떤 연관이 있는지 도통 알 수 없었지만, 여하튼 태양은 해냈다.

이윽고 진입한 바람의 시련.

바람은 허공에 퍼진 수증기로 태양의 호흡을 제한하려 들었고, 심지어는 이 극한의 환경에 토네이도를 끼얹었다.

-공간을 이렇게 좁게 만들어 놓고 토네이도를 끼얹네.

-변별력이고 개연성이고를 떠나서 양심이 없네.

-하, 윤태양 믿자.

태양과 현혜, 지켜보는 시청자들은 한마음 한 뜻이 되어 제작자를 욕했다.

하지만 민심과는 반대로 시련의 클리어는 가까워져 가는 듯했다.

폭풍의 정령 군주 아라실을 소환한 태양은 2개의 드래곤 하트를 극한으로 혹사하여 토네이도를 역방향으로 돌려 멈춰냈고, 그다음으로 이어진 진공 상태는 바람의 정령을 소환한 태양에게 아무런 해를 입히지 못하는 듯싶었기 때문이다.

정말 하나의 흠도 없이 클리어할 뻔했다.

    그를 방해하기 위해 나타난 엘프 진영의 플레이어, 알브레이
드가 나타나기 전까지는.

    알브레이드.

    현혜나 KK와 같은 유저가 아는 이름은 아니었다.

    딱히 명성이 있는 플레이어가 아니었던 만큼, 본신의 무력이
강하지도 않았다.

    정령 마법인지 속성 마법인지를 쏘아 대기는 했지만, 약간
위협이 될 정도. 이미 동층 플레이어의 체급을 한참 뛰어넘어
버린 태양에게는 쉬웠어야 할 정도의 기량이었다.

    하지만 '방해자'라는 역할은 그런 구도를 뒤바꿨다.

    방해자는 시련의 영향을 받지 않았다.

    유적지 바깥이었다면 가볍게 처리했을 엘프 마법사는 자력
으로 숨을 쉬지 못하는 태양을 집요하게 압박했다.

    퍼억.

    질퍽한 바닥이 강하게 밟은 진각의 충격을 흡수했다.

    끊임없이 생성되는 수증기가 한 치의 시야도 허락하지 않았
지만, 태양은 내공을 끌어 올렸다.

    황새의 가호.

    화염의 육망성.

    "잡았다."

    태양이 이를 드러냈다.

    오히려 가만히 있었으면 위치를 특정할 수 없었을 것이다.

하지만 태양이 끌어 올린 마나에 겁을 먹은 엘프 마법사는 방어 마법을 시전하고 말았고, 이는 역으로 태양에게 위치 정보를 제공하는 꼴이 되었다.

황새의 가호.

일시적으로 역장 안의 방향 감각을 어지럽히는 기술이다.

역장 안으로 들어가면 상하와 좌우 감각을 뒤바뀐다.

처음 당할 땐 답이 없지만, 전투가 길어진 이상 당해 줄 이유는 없다.

화염의 육망성은 불타오르는 방패를 소환하는 클래식한 마법이다.

정의행(正義行) 1식 - 통천(通天).

꽈앙.

공간을 통째로 밀어내는 통천이 방패를 들어낸다.

부수는 게 아니라, 정확히 흔들 정도가 포인트다.

전투에 마나를 운용하느라 호흡을 머금지 못한 태양의 시뻘게진 얼굴이 인상적이다.

이마에 힘줄까지 솟은 태양.

우악스러운 손짓으로 기어코 엘프 마법사, 알브레이드의 모가지를 쥐었다.

"꺄아아악!"

다분히 소녀 같은 비명이 양심을 자극하지만, 피버텐드의 시련이 마련한 극한의 환경은 양심을 사소한 무언가로 만들기 충분했다.

빠드득.

태양의 주먹이 엘프 마법사의 흉부를 관통했다.

부르르 떨던 엘프 마법사는 그대로 숨을 거뒀다.

"좋아. 이대로 바람의 정화만 찾아내면 된다. 오크 진영 플레이어가 들어오기 전에……."

상황은 극악하다.

회복 없이 치른 연이은 전투는 끊임없이 펌핑하던 드래곤 하트를 지치게 만들었고, 지속적인 고통에 정신 역시 내몰렸다.

태양이 아라실의 종속이 모아 온 한 줌의 호흡을 들이쉬며 주변을 살피는 순간.

증강 현실이 나타났다.

[오크 진영 플레이어 셀 수 없는 이가 방해자의 역할로 난입합니다.]

열기와 습기, 그리고 무호흡은 태양의 정신을 황폐하게 만드는 데 성공했다. 그리고 3개의 시련은 태양의 신체를 충분히 지치게 만들었다.

그나마 다행이라고 할 만한 점은 무호흡의 시간이 이제 끝에 다다랐다는 것 정도일까.

[질식의 단계에서 벗어납니다. 바람의 정화를 찾아내십시오.]

후욱.
참았던 숨을 들이쉰다.
과도한 열기에 폐가 비명을 질러댔다.
"쿨럭."
헛기침이 나오지만, 그마저도 기껍다.
산소는 지방과 단백질, 탄수화물로 이루어진 유기체가 움직이는데 필수적인 화학 요소다.
뇌 역시 다르지는 않다.
산소가 공급되지 않으면 베테랑도 초보적인 실수를 저지르게 되어 있는 법이다.
태양이 가쁘게 숨을 몰아쉬는 사이.
뿌연 수증기 너머로 2개의 시퍼런 안광이 나타난다.

[신룡화(神龍化)]
[플레이어 윤태양의 근육이 마왕 발록의 능력치를 얻습니다.]

태양이 본능적으로 몸을 비틀었다.
대검에 휘감긴 손실의 권능이 오히려 제 기척을 톡톡히 내는 덕분에 피할 수 있었다.
퍼어어어어억.

태양의 어깨를 스쳐 진창에 꽂힌 대검이 바닥에 크레이터를 만들었다.

"켁."

크레이터가 만들어지며 뻗어 나간 진흙이 태양의 얼굴에 달라붙었다.

진득진득하고 까끌까끌한 감각.

불쾌하기 짝이 없다.

표정을 사정없이 일그러뜨린 태양이 앞으로 크게 한 발 내디뎠다.

철퍽.

대검을 회수하는 오크 전사의 손길이 한 템포 느렸다.

방해자는 시련에서 파생된 디메리트에 영향을 받지 않는다.

하지만 뒤바뀐 환경에는 영향을 받을 수밖에 없다.

질식의 저주에는 영향을 받지 않지만 열기와 습기에는 영향을 받는다는 이야기다.

그리고 적어도 환경에 관해서는 태양이 셀 수 없는 이보다 압도적으로 유리한 고지에 올라있다.

셀 수 없는 이는 환경에 적응하지 못했고, 태양은 적응했으므로.

물론, 태양이 우위를 점할 수 있는 시간은 길지 않다.

초월 진각 ─ 염라각(閻羅脚).

단단한 지반을 딛고 쳐올리는 발차기와는 감각이 다르다.

허벅지와 등허리에 들어가는 힘은 평소보다 과도하고, 타점 역시 평소의 배로 흔들렸다.

진흙의 부족한 마찰 계수가 일으킨 나비효과다.

커다란 힘이 담길수록 부족한 마찰 계수는 크게 다가왔다.

하지만 진흙은 공격자에게만 부담을 주지 않는다.

수비자 역시 마찬가지.

평소의 바닥이었다면 민첩하게 피해 내거나, 자세를 단단히 굳혀 흠 없는 수비 자세를 만들 수 있었을 것이다.

"하지만 지금은 아니지?"

뻐억.

태양의 발길질이 근육질의 팔뚝에 정통으로 타격을 먹인다.

어지간한 성인 두 명은 될 법한 체중의 오크 전사가 발차기 한 번에 허공으로 떠올랐다.

태양이 자세를 낮춘 채로 뛰어들었다.

셀 수 없는 이가 뒤늦게 수습한 대검을 휘두르려 준비하지만, 이미 태양은 대검의 간격 안쪽으로 들어왔다.

덥석.

부지불식간에 셀 수 없는 이의 발목을 붙잡은 태양이 몸을 거꾸로 곧추세워 셀 수 없는 이에게 밀착했다.

"크아아아아아!"

"고함쳐 봐야 소용없어, 자식아."

피버텐드의 시련은 단 세 명의 플레이어에게만 입장을 허락

한다. 그리고 그중 엘프 진영의 플레이어는 이미 태양의 손에
명을 달리했다.

정신 나갈 것 같은 열기와 수증기로 가득 찬 이 공간은.

지금 이 순간만큼은 외부의 접근을 완벽하게 차단하는 옥타
곤 그 자체다.

옥타곤.

그리고 육탄전.

외부에서 참견이 없는 일대일 승부는 명실상부 윤태양의 전
문 분야다.

셀 수 없는 이가 대검 손잡이를 놓기도 전에 태양이 그립을
완성했다.

토 홀드(Toe Hold).

우드드득.

부지불식간에 셀 수 없는 이의 발목이 돌아갔다.

"크아아아아악!"

고함이 아닌, 고통에 찬 비명.

동시에 태양의 몸이 덥석, 들렸다.

"미친!"

셀 수 없는 이가 부러진 발목을 허공에 들고, 이내 진창을 향
해 내리찍었다.

—와, 씨;

-지금 다리 부러진 거 감수하고 내려찍은 거임?

-존1나 터프하네;

-보는 내가 다 아프냐. ㅜ.

퍼어억.

태양의 몸이 진창에 쑤셔 박혔다.

다시금 다리를 들어 올렸을 때, 태양이 그립을 포기했다.

파악!

"크흐으으으!"

다시 한번 진창에 다리를 처박은 셀 수 없는 이가 제 발목을 붙잡았다.

우두두두둑.

발의 위치를 억지로 고정하고, 흉악하게 발달된 근육이 형태 그대로 발목을 붙잡았다.

신경 세포는 한 치도 신경 쓰지 않은 행위.

차오르는 격통에 저도 모르게 입가로 침이 흘렀다.

셀 수 없는 이는 흐른 침을 닦는 대신 대검을 집어 들었다.

후욱.

태양은 그사이 자신의 빈틈을 파고드는 바람의 칼날을 고개를 꺾어 피해 냈다.

'장기전?'

전투의 방향을 어떻게 끌고 갈 것인지 생각했을 때 본능적으로 나온 최적의 방향이다.

발목을 부쉈다.

거기에 전장은 하중에 무리가 가는 진흙탕이다.

버티기만 하면 알아서 힘이 빠질 거라고 생각하는 게 이성적인 판단이다.

하지만 변수는 많다.

앞의 두 번의 시련, 아니, 바람의 시련도 거의 막바지에 다다랐으니 총 세 번의 시련을 클리어한 거나 다름없는 시점이다.

태양 역시 체력이 달렸다.

'버틸 수 있나?'

아드레날린은 신체의 한계 이상을 넘볼 수 있게 해주는 호르몬이지만, 무한정 분비되지 않았다.

태양의 전투태세는 충분히 길었다.

전투 중에 피로감을 느끼는 것부터 이미 태양 역시 체력의 한계에 다다랐다고 봐야 했다.

셀 수 없는 이 역시 세 개의 차원을 쉬지 않고 주파한 탓에 큰 부담을 느끼고 있었지만, 그 사실을 알 수는 없었기에 태양의 고려 바깥에 있었다.

"솔직히 버틸 수만 있다면 시도하고 싶은 건 서브 미션 쪽인데 말이지."

방금 느꼈다.

셀 수 없는 이는 서브 미션에 관한 대처가 전혀 되지 않았다.

문제는 서브 미션이 가장 체력 소모가 심한 종목이라는 것.

짧은 고민 사이를 가르고 셀 수 없는 이의 대검이 내리 찍혔다.

"크아아아아!"

고통이 어지간히 큰 듯, 수증기 사이로 비치는 오크 전사의 이마에는 굵은 핏대가 솟아 있었다.

태양이 한걸음 다가가자, 이번에는 셀 수 없는 이가 간격을 벌렸다.

서브 미션에 대처하지 못했다는 사실을 그 역시 학습했기 때문이다.

정의행(正義行) 3식 – 지폭(地爆): 윤태양식(式) 어레인지.

태양이 발을 구르자 셀 수 없는 이의 발밑이 터져 나갔다.

하지만 셀 수 없는 이가 내딛는 걸음에는 흔들림이 없었다.

손실의 권능이 충격을 모조리 흩어 냈다.

오크 전사의 문신이 빛을 머금었다.

달아오른 근육이 잔뜩 부풀어 오르고, 대검이 공간을 통째로 자르듯 짓쳐 왔다.

우대각.

방향은 읽히나, 회피는 할 수 없다.

그럼 뭐, 마주 부딪치는 수밖에.

판단 즉시 태양이 어깨를 젖혔다.

정의행(正義行) 4식 – 천굉(天轟): 윤태양식(式) 어레인지.

초강격.

오크 특유의 신체 능력을 앞세운 간격.

대검을 바라본 태양이 저도 모르게 중얼거렸다.

"젠장."

꽈아아아아앙!

수증기가 격하게 흩어지고, 태양이 벽면에 처박혔다.

'마나가 딸려.'

드래곤 하트가 경련하고 있었다.

잔뜩 펌핑된 발락의 근육이 슬쩍 희미해졌다.

태양은 절망하는 대신 앞으로 뛰었다.

"크오오오오오오!"

달려오는 태양을 향해, 셀 수 없는 이의 대검이 다시 한번 짓쳐 든다.

위에서 아래.

방향은 정직한 수직이다.

쩌엉.

태양의 손등이 대검의 커다란 면을 쳐 냈다.

손실의 권능에 닿은 태양의 오른팔.

그대로 신룡화가 풀려 나갔다.

태양이 온전한 왼팔로 셀 수 없는 이의 두꺼운 팔뚝을 잡아챘다.

동시에 태양의 두 다리가 셀 수 없는 이의 어깨를 옭아맨다.

눈 깜짝할 사이 완성된 플라잉 암바(Flying Armbar) 그립.

"어딜!"

서브 미션에 무지한 오크전사라지만, 본능적으로 팔을 비트는 것 정도는 할 수 있다.

애초에 암바는 모르는 사람도 본능적으로 저항하는 기술이다.

신체 조건이 엇비슷했다면 물론 태양이 기술을 성공시켰겠지만, 안타깝게도 오크 전사의 신체 성능은 인간의 그것을 한참이나 능가했다.

'예상했어.'

어깨를 옭아맨 다리가 허공으로 치솟았다.

이윽고 한 바퀴를 돈 다리가 질퍽한 바닥에 내려오고, 관성의 법칙이 셀 수 없는 이의 신체를 번쩍 들어 올렸다.

오크 전사의 육중한 신체가 일순 허공에 떠올랐다.

그리고 이내 중력의 작용에 순응했다.

퍼억.

셀 수 없는 이의 머리가 진흙 바닥에 처박혔다.

단단한 바닥이었다면 타격이 커다랬겠지만, 진창은 오히려 오크 전사의 머리를 포용했다.

태양이 셀 수 없는 이의 어깨를 짓눌렀다.

우드드득.

서브 미션의 무서운 점.

어라? 하는 사이에 모든 일이 끝난다.

셀 수 없는 이의 오른쪽 어깨가 그대로 빠졌다.

비명에 찬 고함은 들리지 않았다.

오크 전사의 머리는 진창 속에 빠져 있었으므로.

그나마 자유로운 3개의 팔다리가 허무하게 허우적거릴 뿐이었다.

진창에 고개를 처박은 셀 수 없는 이가 이를 악물었다.

이럴 수는 없다.

10인 전승 부족, 르건 즈야르의 기둥.

부족민들의 과거이자 현재이자 미래.

나, 셀 수 없는 이가 이렇게 패배해선 안 된다.

10초.

아직 호흡은 충분했다.

콰아아아아앙!

팔다리를 흔들어 보지만, 자세를 뒤집기에는 역부족.

관절이 빠져 버린 오른팔에서 퍼져 나가는 고통이 아드레날린도 뚫고 정신을 뒤흔들었다.

40초.

"크으으윽!"

일순간 태양의 몸이 들썩였다.

가까스로 붙잡은 왼쪽 어깨를 탈골시킴으로써 행동을 저지했다.

신권의
원코인
클리어

"후우."

탈골시키지 못했다면 자세를 유지하는 데 실패할 뻔했다.

1분.

호흡이 가빠졌다.

입안으로 진득한 모래가 들어왔다.

산소를 충분히 공급받지 못한 뇌는 옳은 판단을 내리지 못하고, 비효율적인 결정을 내리기 시작했다.

철퍽.

철퍽.

힘없이 움직이는 오크 전사의 팔과 다리.

'뒤집을 방도가 필요하다.'

방법은 있을 것이다.

하지만 그 방법은 끝내 셀 수 없는 이의 뇌리에 맺히지 않았다.

1분 30초.

셀 수 없는 이의 몸에서 커다란 마나 유동이 일어났다.

손실의 권능을 최대치로 발휘한 마지막 발작이었다.

견뎌 내기는 했지만, 간신히 유지하고 있던 신룡화가 완전히 해제됐다.

오크 전사는 다시 한번 격하게 몸부림쳤지만, 중심을 완벽하게 차지한 태양이 밸런스를 유지한 채 확실하게 막아 냈다.

3분.

오크 전사, 르건 즈야르의 족장.

셀 수 없는 이의 움직임이 멎었다.

"하아."

태양이 한숨을 내쉬었다.

─해치웠나?

─씨x럼아.

─부활 주문 에반데;

그 순간.

퍼억.

셀 수 없는 이의 시체에서 터져 나온 기운이 태양을 감쌌다.

─부활 주문 쳐 내.

─___ 아나 진짜.

─찾아서 강퇴하셈. 저런 애들 진짜...

─아니, 윤태양 괜찮음? 윤치킨 되기 직전 같은데.

─기름 쪽 빠지고 담백할 듯.

─드립 돌았나;

두근.

셀 수 없는 이와 태양이 형용할 수 없는 어떤 매개체로 연결됐다.

심장?

아니, 그보다 더 깊숙한 무언가다.

무엇인지는 알 수 없다.

[   ]

태양의 눈앞에 시스템 창이 나타났다.

공란.

내용은 적혀 있지 않았다.

하지만 태양은 본능적으로 깨달았다.

-태양아, 지금 무슨…….

"나도 잘 모르겠어. 확실한 건…… 무언가 변했어."

저번, 셀 수 없는 이의 '손실'의 권능을 약화시켰을 때와 비슷하다.

그때보다는 더 확실하고 커다란 감각이었다.

내면의 무언가가 성장하는 감각.

굳이 따지자면 스테이지를 클리어했을 때, 업적을 통해 육신이 강화되던 그 감각과 비슷하다.

아니, 비슷하지만, 다르다.

"쿡."

단탈리안이 웃었다.

영혼의 성장.

개화와는 다른 결이다.

영혼의 성장이 확실하게 이루어졌을 때 시의적절하게 개화하는 게 가장 효과적이다.

바르바토스의 신성이 성장하며 손실, 절망이라는 권능이 파생됐다.

단탈리안 역시 천변, 기만이라는 권능을 손에 쥐었다.

용왕 발락의 경우는 그것이 그의 육체였고, 푸르카스의 경우는 세월이었다.

신성은 성장 과정에서 권능이라는 부산물을 만든다.

어떤 권능일지, 무슨 성능일지는 아무도 모른다.

"아쉽군요."

영글어 가는 열매를 바라보는 것이 이렇게도 재미있다.

끝이 다다르고 있다는 것이 아쉬울 정도로.

* * *

"찾았다."

후욱.

태양이 허공에 손을 휘젓자 눈에 보이지 않는 결정이 잡혔다.

시련의 목표, 바람의 정화였다.

이미 어려운 고비는 모두 끝냈으므로 3단계 시련을 클리어하

신전의
원코인
클리어

는 데에는 어려움이 없었다.

태양이 한숨을 내쉬었다.

"솔직히 조금만 더 일찍 방해하러 들어왔어도 내가 질 뻔했다."

문신투성이 오크 전사를 질식 상태로 상대했다는 가정만으로도 끔찍했다.

[인간 진영 플레이어 윤태양이 피버텐드의 시련을 통과했습니다.]

[지금부터 2시간 동안 플레이어 윤태양에게 유적, 나이트 홀스(Night Horse)의 점유권이 부여됩니다.]

하지만 끔찍한 가정은 뒷전으로 밀어두기로 했다.

지금은 달콤한 보상의 시간이니까.

여하간, 지구인 최초로 피버텐드의 시련을 클리어하는 순간이었다.

이윽고 유물, 나이트 홀스의 비밀이 밝혀졌다.

다그닥.

발굽 소리와 함께 1마리의 말이 등장했다.

"……진짜 말이었어?"

―예쁘다.

검정색 바탕에 노란 점이 군데군데 나 있다.

은백색의 갈기는 마치 은하수와 같고, 총기가 도는 눈두덩은

꼭 어떤 행성을 의미하는 것 같다.

꼭 '밤'을 형상화한 듯한 형태의 말이었다.

말은 태양에게 다가왔고, 태양은 본능적으로 말의 콧잔등에 손을 올렸다.

다음 권으로 이어집니다

신전의
원코인
클리어